James A. Michener

Patrioten

Roman

Aus dem Amerikanischen
übersetzt von
Karl-Otto und Friderike von Czernicki

Droemer Knaur

CIP-Titelaufnahme der Deutschen Bibliothek

Michener, James A.:
Patrioten / James A. Michener. –
München: Droemer Knaur, 1989
ISBN 3-426-19243-8

Umschlaggestaltung: Agentur ZERO, München
Satzarbeiten: Auer GmbH, Donauwörth
Druck und Bindearbeiten: Freiburger Graphische Betriebe
Printed in Germany
ISBN 3-426-19243-8

2 4 5 3 1

Inhalt

Die Starrs

Mein Pech begann kurz vor Weihnachten 1985. Aber zur damaligen Zeit schien es, wie es so oft geschieht, ein Glücksfall zu sein.

Nach dem Abschluß in West Point im Jahr 1973 hatte ich meinen Dienst in den Reisfeldern von Vietnam absolviert und war mit einer Brust voller Orden zurückgekehrt, von denen einige echt verdient, die meisten routinemäßig verliehen worden waren. Ich heiratete Nancy Makin, ein Mädchen aus Maryland, mit der ich befreundet war, seit ich sie auf Heimaturlaub kennengelernt hatte. Unsere ersten drei Ehejahre verbrachten wir in der Panama-Kanal-Zone, wo ich die demütigende Aufgabe hatte zu beobachten, wie Jimmy Carter dieses technische Wunderwerk den Panamaern übergab. Mein Vater, Oberst in der Heeresreserve und hochdekorierter Offizier aus dem Zweiten Weltkrieg, nannte diesen Akt milde »den größten Verrat, den je ein Amerikaner seit Aaron Burr begangen hat«. Und man kann mir glauben, daß dies einen schwerwiegenden Vorwurf darstellte, wenn man bedenkt, was Aaron Burr unserer Familie und der ganzen Nation zu Beginn des 19. Jahrhunderts angetan hat.

In Panama vervollkommnete ich meine Spanischkenntnisse, was zu weiteren Einsätzen in Mittel- und Südamerika führte: in Argentinien, Chile und insbesondere Guatemala; dort erfuhr ich aus erster Hand von der kommunistischen Subversion vor unserer Tür.

Ich hatte nie viel übrig für einen Einsatz gegen die Roten. Das ist nicht mein Stil. Ich will nicht an der Front stehen, solange kein Krieg erklärt ist und ich keine Truppe unter meinem Kommando habe. Aber

kaum jemand hatte nach den Greueltaten, die ich in Nam und in Guatemala gesehen hatte, einen größeren Abscheu gegen den Kommunismus als ich.
Ich habe nie erfahren, ob es meine Vertrautheit mit dem lateinamerikanischen Kommunismus oder mit der spanischen Sprache war, die zu der unerwarteten Beförderung führte, aber am 10. Dezember 1985 erhielt ich Befehl, meinen Einsatzort in Cartagena, Kolumbien, zu verlassen, wo wir versuchten, dem Einsickern von Kokain in die Vereinigten Staaten Einhalt zu gebieten, und mich im Pentagon zu melden.
Nancy freute sich über das, was sie eine »längst fällige Versetzung« nannte, nicht nur, weil dies einer Beförderung gleichkam, die ich dringend brauchte, wenn ich jemals Oberst werden wollte, sondern auch, weil sich nun die Gelegenheit ergab, gemeinsam in Washington leben zu können, wo sie unser endgültiges Heim eingerichtet hatte. Mir gefiel der neue Job, weil ich mit Männern zusammenarbeiten sollte, die mit mir in derselben Klasse an der Militärakademie oder mit mir in Nam im Einsatz gewesen waren.
Meine Aufgaben entsprachen durchaus meinen Erfahrungen: Verbindungen mit den verschiedenen Militärkommissionen aus Süd- und Mittelamerika, Kommunismusabwehr im allgemeinen und der interessante Einsatz in der Sondereinheit von Vizepräsident Bush gegen den Drogenschmuggel. Ich begegnete Bush nur ein paarmal und immer im Kreis mehrerer Offiziere, aber seit meiner Anfangszeit in Kolumbien hielt ich viel von dem, was er sich zum Ziel gesetzt hatte.
Und dann, kurz vor Weihnachten, erhielt ich plötzlich eine aufregende Nachricht: »Starr, eine solche Gelegenheit kommt für einen Major nicht oft. Ihr Spanisch

und so weiter, oder vielleicht sind es Ihre Leistungen in Guatemala. Jedenfalls wollen sie Sie in den Nationalen Sicherheitsrat aufnehmen.«
»Bin ich denn dafür qualifiziert?«
»Die Armee will Sie dorthin versetzen. Sie verlangt, daß Sie gehen. Dort sind ohnedies viel zu viele Typen aus der Marine und der Marineinfanterie.«
»Und meine Aufgabe?«
»Geheimdienst? Wer kann das wissen?« Er war ein Zwei-Sterne-General, und er schnitt mir das Wort ab, ehe ich mich verabschieden konnte: »Behalten Sie eine weiße Weste, Starr! Wir wollen Sie zurückhaben. Wir können es uns nicht leisten, Männer wie Sie zu verlieren.«
Die letzten Worte verwässerten die gute Nachricht, weil sie sowohl ihn als auch mich überzeugten, daß meine Beförderung zum Oberstleutnant auf die lange Bank geschoben worden war. Normalerweise kann ein bewährter Offizier die Beförderung zum Oberstleutnant nach Ablauf einer gewissen Dienstzeit erwarten. Der entscheidende Sprung tritt erst ein, wenn jemand vom Oberstleutnant zum Oberst befördert wird. Wie es einmal mein Stubenkamerad in West Point, Zack McMaster, auf seine poetische Art ausgedrückt hat: »Jeder Stümper kann Oberstleutnant werden. Nur ein gestandener Mann schafft den nächsten Schritt.« Er war schon nach zwei Jahren aus dem Militärdienst ausgeschieden, denn es war wegen seiner unverblümten Ausdrucksweise schnell klargeworden, daß er diesen Schritt nie schaffen würde.
Meine Beförderung war zweimal wegen eines Vorfalls in Chile zurückgestellt worden. Informationen, die ich auf der Straße gesammelt hatte, wo ich mich in Zivil

bewegte, führten mich zu der Annahme, daß eine unserer Geheimoperationen ins Gegenteil umschlagen und einer Bande echter Mörder Gelegenheit geben würde, sich hinter der amerikanischen Flagge zu verschanzen, während sie weiterhin ihren schmutzigen Geschäften nachging. Ich protestierte bei einer Besprechung in der Botschaft, man achtete aber nicht auf mich, und ich setzte mich hin, um eine drastisch formulierte Aktennotiz zu entwerfen. Mein Großvater, der zwei schlimme Scheidungsprozesse hinter sich hatte, bei denen ihm jedesmal glühende Liebesbriefe zum Verhängnis geworden waren, hatte seine Erfahrung in folgende starke Worte zusammengefaßt: »Handle rechtens und fürchte niemanden! Schreibe nichts auf, und fürchte dich vor keiner Frau!« Nachdem ich diese Maxime zur Hälfte vergessen hatte, schrieb ich eine Aktennotiz, die meinen Vorgesetzten gar nicht gefiel. Daraufhin hatten sie meine Beförderung verhindert. Zack, der sich nach seinem erfolglosen Gastspiel bei der Armee dem Jurastudium zugewandt hatte, war in der Columbia-Universität zu besten Noten gekommen, hatte als Mitarbeiter von Richter Byron White am Obersten Gerichtshof gedient und war in Washington zu einem der Alleswisser geworden, die genau wissen, wo die Leichen verscharrt sind. Aber wenn er auch viel manipulierte, er tat außerdem doch viel Gutes. Als meine Beförderung durch böswillige Nachrichten aus Chile hintangestellt wurde, riet er mir: »Starr, wenn du jetzt versetzt wirst, halte dich zurück, und leiste vorzügliche Arbeit. Dann werden nicht einmal deine Feinde in der Lage sein, dir ein Bein zu stellen.« Meine Versetzung zum Nationalen Sicherheitsrat gab ihm recht.

Aber sein dringender Telefonanruf am gestrigen Morgen setzte dieser Strategie ein Ende: »Starr, alter Kumpel! Du bist in großen Schwierigkeiten.«
»Woher weißt du das?«
»Ein Jurist aus Washington weiß angeblich alles.«
»Zum Beispiel?«
»Der Kongreßausschuß über das Iran-Geschäft will dich vernehmen.«
»Zack, ich habe mit dem Iran nichts zu tun gehabt.«
»Es kommt auch nicht auf den Iran an. Es geht um die Contras.«
Plötzlich verschlug es mir den Atem, denn die Sache mit den Contras war etwas ganz anderes als die Beziehungen zum Iran, und in diesem Fall hatte ich keine weiße Weste. Es gab schließlich die Tres-Torros-Affäre, über die bereits geredet wurde, und es wäre mir nicht angenehm, darüber befragt zu werden. »Da kommst du am besten gleich zu mir herüber, Zack.«
»Wäre es nicht besser, das Weiße Haus zu meiden? Vielleicht in deiner Wohnung?«
Heute, vierundzwanzig Stunden danach, kann ich mich an jeden Gedanken erinnern, der mich in den fünfzehn Minuten überfiel, die Zack und ich brauchten, um auf verschiedenen Wegen meine Wohnung in Georgetown zu erreichen. Zuerst wollte ich mir über das Stichwort Iran klarwerden: Berührte mich das Iran-Projekt irgendwie? Keineswegs. Ich hatte eine Ahnung, daß sich irgend etwas abspielte – aber Einzelheiten? Ich hatte nie von irgend jemandem etwas Eindeutiges gehört. Und wie war es mit Oliver North, kannte ich ihn eigentlich wirklich? Ich hörte von allen, er sei ein guter Patriot, aber ich hatte nie direkte Verbindung mit ihm über ein Thema gehabt, das mit dem

Iran zu tun hatte. Im Hinblick auf den Iran habe ich eine saubere Weste.

Jetzt aber Nicaragua: Dort traf ich gelegentlich mit North zusammen. Rein beruflich und ganz innerhalb der Legalität, soweit ich mich erinnere. Ich erstattete ihm zweimal Bericht über die Auswirkungen der Contra-Aktivitäten. Ich versuchte, ihn zweimal über die schlimmen Zustände, was das Kokain betrifft, in Kolumbien zu unterrichten, aber er war zu sehr mit anderen Dingen beschäftigt. Habe ich ihm jemals Aktionen in Mittelamerika vorgeschlagen? Nein, nie.

Aber wenn ich schon nicht zu Colonel Norths Mannschaft gehörte, und ich gehörte tatsächlich nicht zu ihr, was hatte ich dann zum Teufel von Weihnachten 85 bis Weihnachten 86 in Mittelamerika zu tun? Ich muß so strikt auf Geheimhaltung bedacht sein, daß ich mich auf keinen Fall auf brenzlige Einzelheiten einlassen möchte. Was ich sagen werde, ist lediglich, daß sogar bei Tres Toros meine Handlungsweise vom Patriotismus bestimmt war, von meiner Überzeugung, daß der Kommunismus eine tödliche Gefahr darstellt, und von meiner Überzeugung, daß sich die freie Welt nicht zur Ruhe begeben und den Roten freie Bahn lassen darf. Aber wenn ich schon nichts im Hinblick auf den Iran wußte, so wußte ich dennoch viel über Nicaragua, und ich billigte fünfundneunzig Prozent dessen, was wir dort taten. Und dann, während ich mich im Wagen der Straße näherte, die zu unserem Haus führt, krampfte sich mein Magen zusammen, und ich sagte plötzlich mit lauter Stimme, als säße meine Frau neben mir: »Dies wird bestimmt nicht leicht.«

Als ich unser Haus betrat, stellte ich mit Erleichterung

fest, daß Nancy nicht daheim war. Ihr komplizierte Dinge zu erklären ist niemals leicht, denn sie hat die Angewohnheit, einen mit Fragen zu unterbrechen, die unangenehme Seitenthemen berühren.
Als Zack ankam, war es wieder wie damals in West Point. Ich hatte ihn längere Zeit nicht mehr gesehen und war froh, daß er schlank geblieben war und noch immer den roten Haarbusch und die weißen Zähne hatte; auch seine Vitalität war die gleiche geblieben. Er trug nach wie vor einen dreiteiligen Anzug, der äußerlich wie eine Uniform wirkte, und hielt wie immer vier Schritt Abstand. Ich freute mich, seine Unterstützung zu haben.
Nachdem er Platz an unserem Tisch für seine Unterlagen geschaffen hatte, sagte er: »Kommen wir gleich auf den Kern der Sache zu sprechen! Fühlst du dich irgendwie schuldig?«
»Wieso? Bin ich zu schnell gefahren?«
Er sah mich fast verächtlich an und sagte mit rauher, mir unbekannter Stimme: »Ich meine diese Iran-Geschichte.«
»Ich habe mit dem Iran nie etwas zu tun gehabt.«
»Kannst du das beschwören?«
»Ich habe es doch gerade gesagt, oder nicht?«
Zack schob seinen Stuhl vom Tisch zurück, sah mich unverwandt an und sagte: »Hör mir mal zu, Kamerad! Du kannst in große Schwierigkeiten geraten, und um dir zu helfen, muß ich die ganze Wahrheit wissen. Du weißt doch, wie schnell Männer wie du einen fatalen Fehler begehen können, wenn sie einen Meineid schwören. Die Justiz buddelt zehn Jahre zurück, konfrontiert dich mit früheren eidesstattlichen Aussagen und bringt dich hinter Gitter. Bevor dich morgen der

Kongreßausschuß unter Eid vernehmen wird, werde ich dich schon jetzt vernehmen, als wäre es schon soweit. Und wenn du die Unwahrheit sagst, kommst du ins Gefängnis ... und zwar für lange Zeit.«
Ich wunderte mich selbst über das, was ich jetzt sagte, aber es war die Reaktion eines Mannes, der stets für ein bescheidenes Gehalt gearbeitet hatte: »Wieviel wird das kosten? Ich meine, dein Anwaltshonorar?«
»Starr! Meine Firma tut dies gratis. Denn ich weiß, daß du aufrichtig bist.« Er hielt inne. »Du hast Probleme, Major. Ich bin hier als dein Kamerad.« Jetzt kam er auf den Kern der Sache zu sprechen: »Ich nehme dich beim Wort, daß dich nicht der Iran in Schwierigkeiten gebracht hat. Deshalb muß es die Verbindung zu den Contras gewesen sein. Erzähl mir von deiner Rolle bei dieser schönen Geschichte!«
»Du hast recht, es muß etwas mit Nicaragua zu tun haben. Aber ich kann mich darüber öffentlich nicht äußern.«
»Bevor dies alles vorbei ist, wirst du dich sehr wohl öffentlich äußern müssen.« Und er begann, mich mit vielen Fragen zu bombardieren, darunter auch so heiklen, daß ich ihm oft sagen mußte: »Darauf kann ich nicht antworten. Nationale Sicherheit.«
Einmal fuhr er mich an: »Ich bin dein Anwalt, verdammt noch mal! Ich muß es wissen.«
»Nein, in diesem Falle nicht.«
Also einigten wir uns auf ein Verhalten, das ihm zwar nicht gefiel, mit dem wir aber leben konnten. Wir überprüften meine militärische Laufbahn, meine fast stattgehabte Anklage vor dem Kriegsgericht, meine ausgesetzte Beförderung, meinen unablässigen Kampf gegen die beiden Feinde, den Kommunismus und die

Drogen, und meine öffentlich anerkannte Arbeit für den Nationalen Sicherheitsrat in Mittelamerika. Über die Geheimoperationen ließ ich mich nicht ausfragen. Dies versetzte Zack in Wut: »Verdammt noch mal, Norman! Ich kann deinen Fall nicht übernehmen, wenn du mir nicht kurz eine ehrliche Antwort auf drei Fragen gibst. Erstens: Hast du tief in der Sache mit den Contras gesteckt?«

»Ja.«

»Zweitens: Hast du jemals etwas Gesetzwidriges getan?«

»Ich hatte stets eine entsprechende Genehmigung.« Ich zögerte, was ihm auffiel, und änderte dann meine Antwort: »Sagen wir lieber, ich hatte immer geglaubt, die Genehmigung zu haben.«

»Drittens: Kann dir ein Zivilgericht irgendeine Schuld anhängen?«

»Wenn ihm die Tatsachen verzerrt dargestellt werden, ja.«

Zack hielt plötzlich inne. Er schaltete ab und ging zum Fenster. Von dort aus beobachtete er die Straße, als befürchte er, daß wir beobachtet werden. Ich konnte sehen, daß er versuchte, unser weiteres Vorgehen neu zu überdenken, aber dann lachte er auf seine vertraute irische Art und kam zu mir zurück, als wolle er das Gespräch auf eine ganz neue Grundlage stellen.

Er ergriff meine Schultern und sagte: »Du befindest dich in einer gefährlichen Lage, alter Freund. Die Öffentlichkeit wittert Blut bei dieser Sache mit den Contras, sie hungert nach Opfern. Aber es gibt vielleicht einen Ausweg.«

»Das wäre auch gut. Für eine Haftstrafe habe ich nicht viel übrig.«

»Es ist mein Job, dafür zu sorgen, daß du nicht eingesperrt wirst. Wenn du verlierst, verliere ich auch, und in dieser Stadt kann ich es mir nicht leisten, als Verlierer dazustehen.«

In diesem Augenblick kam Nancy nach Hause. Klein gewachsen, schleppte sie mit rotem Kopf zwei große, braune Papiertüten vom Supermarkt, und noch bevor sie diese absetzen konnte, sah sie Zack, lief auf ihn zu und gab ihm einen freundlichen Kuß: »Was bringt dich her, Anwalt? Den Zeitungen nach hast du viele Eisen im Feuer.«

»Keines ist größer als dieses, Nancy«, sagte er und forderte sie auf, bei uns zu bleiben. »Die Bluthunde sind hinter deinem Mann her, und es ist meine Aufgabe, ihn sicher über das Eis zu bringen.«

»Ist es ernst?«

»Ja, sehr.«

»Die Sache mit dem Iran?« Meine Frau ist ein schlauer Kopf und trifft stets ins Schwarze.

»Noch schlimmer. Die Sache mit den Contras. Mittelamerika.«

Wie ich es vor ihr getan hatte, als mir Zack dieses Schlagwort entgegenhielt, schluckte sie und erblaßte. Dann gab sie mehr preis als ich: »Jeder, der wie Norman eng mit den Contras zusammengearbeitet hat, gerät zwangsweise unter Verdacht. Und da Norman ...«

»Halt!« unterbrach ich, und Zack, der uns beide mit einer Zuneigung ansah, wie er sie oft in der Vergangenheit zu erkennen gegeben hatte, besonders seit er durch seine Scheidung ein eigenes Zuhause verloren hatte, sagte: »Beruhigt euch! Überlaßt alles mir!« Und schon hatte er uns mit sorgenvoller Miene verlassen.

Jared Starr
1726–1787

Am Freitagmorgen um sechs Uhr dreißig klingelte es an unserer Tür; es war Zack. »Konnte nicht schlafen. Habe mir verschiedene Pläne überlegt; mir fielen etwa acht ein, aber keiner ist besonders gut.«
Als Nancy im Bademantel zu uns kam, sagte sie: »Uns geht es ebenso. Auch wir konnten nicht schlafen.« Und als sie den Kaffee servierte, sagte sie zu Zack: »Du wirst uns da herauspauken, nicht wahr?« Und er sagte: »Das ist mein Beruf.«
Er verschwendete keine Zeit für freundliche Floskeln. Er umfaßte seine Tasse mit beiden Händen, um diese warm zu halten, und fragte: »Norman, hast du mir nicht einmal in West Point gesagt, daß ein oder zwei Vorfahren von dir mit der Armee zu tun hatten? Am Puls unserer Geschichte und so?«
»Fast alle waren beim Militär.«
»Frisch doch mein Gedächtnis auf!«
Ich ging zum Bücherregal neben dem Kamin, nahm meinen *»World Almanac«* von 1985 heraus, markierte die zwei Seiten, auf die meine Familie stolz war, und übergab ihm den Band: »Seite vierhundertdreiundvierzig, schau her, wer alles die Unabhängigkeitserklärung unterzeichnete, unten auf der Liste, unter dem Anfangsbuchstaben S!« Der Druck war sehr klein, aber nach dem vornehmen Namen Roger Sherman, Connecticut, kam Jared Starr, Virginia. Der Major in der Continental Army nahm in Yorktown 1781 an der letzten entscheidenden Schlacht des Unabhängigkeitskrieges teil.
»Ein vorzügliches Dokument. Dieser Jared Starr wird sich für uns als sehr hilfreich erweisen. Hast du nicht auch gesagt, daß er die Verfassung unterschrieben hat?«

»Das war sein Sohn. Schlag auf Seite vierhundertsiebenundvierzig nach!« Dort standen unter der Überschrift »Virginia« zwei Namen, der erste berühmter als der zweite: James Madison jr., Simon Starr. Ich konnte sehen, daß Zack beeindruckt war, aber in diesem Augenblick wollte er sich nicht dazu äußern: »Hattest du nicht auch einen bekannten General in der Familie? Im Sezessionskrieg vielleicht?«

»General Hugh Starr, immer in der Nähe von General Lee. Bei vielen Gefechten. Unterschrieb die Kapitulation von Appomattox, wurde dann achtundachtzig Jahre alt und schoß für die Konföderierten ständig Salven in die Luft.«

»Können wir noch jemanden heranziehen, um dir das Gefängnis zu ersparen?«

»Na ja, meinem Vater wurde 1944 in Saipan die Ehrenmedaille des Kongresses verliehen.«

»Tatsächlich? Das hast du mir nie erzählt.«

»Es war ganz einfach. Die Marineinfanterie bildete die beiden äußeren Flügel, die Armee stand in der Mitte. Beide Generale der Marineinfanterie hießen Smith; der Brüller von der Marineinfanterie führte das Kommando. Ralph hieß der Befehlshaber des Heeres, der die unrühmliche siebenundzwanzigste Division, die hauptsächlich aus der New Yorker Nationalgarde bestand, befehligte. Es waren vor allem Angestellte und Ladenbesitzer, denen mein Vater als West-Point-Oberstleutnant einen Hauch von Schliff verleihen sollte. Jedes geteilte Kommando aber ist schlecht, wie wir in West Point gelernt haben. Dies war ein klassisches Beispiel. Zwei Theorien gerieten in Konflikt. Die Marineinfanterie stieß vor und ließ die Heckenschützen des Gegners hinter sich. Die Armee ging methodisch vor, schaffte freien Raum, aber, um die Wahrheit zu sagen, die unseren fielen zurück... Ein großes Schlamassel. Schließlich entband der Brüller Ralph von seinem Kommando. Er erklärte, die Marineinfanterie würde den Job allein zu Ende führen. So etwas hatte es noch nicht gegeben. Mein Vater drehte durch. Später erklärte er, er habe keinen Befehl bekommen, die Stellung zu halten und das Kommando der Marineinfanterie zu übergeben. Er führte seine Männer in eine unglaubliche Angriffsoperation, die später als ›außergewöhnliche Heldentat‹ bezeichnet wurde. Er verlor sein linkes Bein und gewann einen Platz in der Armeegeschichte dafür, daß er am Samstag vor dem Kriegsgericht stand und am Montag die Ehrenmedaille des Kongresses erhielt.«

Zack dachte über die Geschichte meiner vier militärischen Ahnen nach und sagte: »Ihr Starrs seid echte Patrioten, nicht wahr? Wenn wir keinen Fehler begehen, kann dir keine Untersuchung des Kongresses etwas anhaben.«

»Aber die Schuld?«

»Was meinst du damit?«

»Während aller Verhandlungen vor dem Kriegsgericht, denen ich beiwohnte, hatte ich immer den Eindruck, daß es zwei Probleme gibt: juristische Schuld und moralische Schuld. Das ist nicht immer dasselbe.«

Dies irritierte Zack etwas. »Lassen wir die juristischen Spitzfindigkeiten aus dem Spiel. Sie sind mein Job. Dafür werde ich bezahlt.« Dies war offenbar der übliche Rat, den er seinen Mandanten gab, aber diesmal lachten wir beide, denn er erhielt ja kein Honorar.

»Wie willst du diesen Familienhintergrund verwenden?« fragte meine Frau.

»Ich bin mir darüber noch nicht klar, aber ihr könnt mir insoweit helfen, daß ihr euch noch einmal überlegt, was ihr mir gerade erzählt habt. Legt euch die Sache in eurem Gedächtnis zurecht, denn heute nachmittag vor dem Kongreß könnte es wichtig werden, wenn man sich entschließt, den Dingen auf den Grund zu gehen.«

Als er uns um sieben verließ, gruben wir einige Familienerbstücke aus, alte Papiere und Schriftsätze, die mein Großvater Richard gesammelt hatte. Er war stolz auf unsere Familie und verbrachte seinen Lebensabend damit nachzuweisen, daß die Starrs angesehener waren, als es den Anschein hatte, und er förderte tatsächlich eine überraschende Menge von Unterlagen zutage.

Ich hatte kaum begonnen, mein Gedächtnis über den alten Jared Starr aufzufrischen, als das Telefon klingelte: »Norman? Hier Zack. Eine gute Nachricht! Ich habe den Kongreß überredet, dein Erscheinen auf Montag früh zu verschieben. Erledige deine Hausaufgabe!« Er wartete meine Reaktion nicht ab, aber da aus seinem Tonfall hervorging, daß ihm mein Fall wirklich am Herzen lag, fühlte ich mich verpflichtet, zumindest seinen Instruktionen zu folgen. Bevor ich zum Weißen Haus aufbrechen mußte, überlegte ich mir also den Fall des störrischen Begründers unserer Sippe.

Jared Starr war ein sturer alter Bursche – sieben Generationen vor der meinen –, und er hätte wahrscheinlich einen aufsehenerregenden Beitrag zu unserer Verfassung beigesteuert, wenn er kein so glühender Patriot gewesen wäre. Er zog zunächst 1774 im ländlichen

Virginia die öffentliche Aufmerksamkeit auf sich, als er unermüdlich Patrick Henry im Kampf um die Freiheit unterstützte. Zwei Jahre danach setzte er in Philadelphia seine Unterschrift unter die Unabhängigkeitserklärung und meldete sich dann, ohne auf seine Farm zurückzukehren, freiwillig zum Dienst in General Washingtons zusammengewürfelter Armee, in der er zum Majorsrang aufstieg.

Er kämpfte in vielen aussichtslosen Gefechten, gewöhnlich als der älteste Mann in seiner Abteilung, und er erzählte seinen Kindern in späteren Jahren: »Ich wurde Meister im Rückzug.« In den abschließenden Kriegsmonaten begegnete er einem Mann, dessen Bekanntschaft zum herausragenden Erlebnis für ihn werden sollte: Er wurde zu einem Regiment abgeordnet, das von einem brillanten westindischen Einwanderer geführt wurde, dem blutjungen Alexander Hamilton, den er später als »den tapfersten Mann« beschrieb, »den ich je kennengelernt habe«, und als »den intelligentesten«.

In der Entscheidungsschlacht von Yorktown im Jahr 1781 folgte Starr diesem Hamilton bei einer kühnen Attacke bis in die britischen Linien hinein, was die Wende in diesem Gefecht herbeiführte. »Hätte ich mich umgesehen«, sagte Hamilton bei dem Abendessen, das zur Feier des Endes der Revolution gegeben wurde, »und hätte ich nicht Jared Starr wie einen übermüdeten Hund am Ende einer Jagd vor sich hin schnaufen gesehen, ich hätte vermutlich nicht den Mut gehabt, die feindliche Linie zu durchstoßen.« Hamilton bog dann einen Zinnlöffel zurecht und machte daraus eine primitive Medaille, die er Jared in einen Riß seiner Bluse steckte. »Verdienste im Krieg«, rief er

mit einer Begeisterung aus, die gar nicht typisch für ihn war.
Nach der britischen Kapitulation zog sich Starr auf seine Farm in Virginia zurück, wo er mit wachsender Verzweiflung mit ansah, wie die dreizehn Staaten seiner neuen Nation auf dem Weg ins Chaos weiterstolperten. Aber in diesen unheilvollen Tagen wurden ihm in einer Reihe von Briefen, die diese beiden Patrioten wechselten, Führung und Zuversicht zuteil: »Lieber Colonel Hamilton, ich sehe von allen Seiten das Chaos auf uns zukommen. Unser Kontinentalkongreß kann die Steuern der dreizehn Staaten festsetzen, er kann aber die Gelder nicht eintreiben. Er kann eine Armee zu unserem Schutz aufrufen, kann aber keine Soldaten aus den Staaten zum Dienst verpflichten. Was können wir tun, um unsere Nation zu retten?«
Hamiltons Antworten blieben immer die gleichen: »Wir müssen entweder unserer gegenwärtigen Regierung das Rückgrat stärken oder eine bessere schaffen«, und so wie Starr in seinem entlegenen Winkel von Virginia Parick Henrys Ruf nach Freiheit unterstützt hatte, verbreitete er jetzt Alexander Hamiltons vergleichbaren Ruf nach Reformen. Im Frühjahr 1786 waren weder Hamilton noch Starr mutig genug, um öffentlich die Abschaffung der untauglichen Konföderationsartikel zu fordern, unter denen die neuen Staaten versuchten, sich selbst zu regieren, aber jeder von den beiden wußte, daß der andere eine radikale, neue Regierungsform wenigstens in Erwägung zog.
Im Spätsommer luden Hamilton und ein paar Gleichgesinnte die dreizehn Staaten ein, Delegierte zu einer informellen Zusammenkunft in Annapolis, Maryland,

zu entsenden, um Schritte zu diskutieren, die unternommen werden müßten, um das kostbare amerikanische Experiment der Selbstregierung zu retten. Aber trotz der zunehmenden Anarchie hielten es nur fünf Staaten für der Mühe wert, auf die Einladung zu antworten: New York, New Jersey, Pennsylvania, Delaware und Virginia. Aber auch diese Staaten entsandten insgesamt nur zwölf Teilnehmer.

Das Abenteuer von Annapolis war ein Fehlschlag, aber Hamilton aus New York und Starr aus Virginia waren entschlossene Kämpfer, die den anderen für den Fall, daß nichts geschah, mit unheilvollen Prophezeiungen die Hölle heiß machten. So brachten die zwölf Verschwörer schließlich den Mut auf, einen Hilferuf an alle Staaten zu richten: »Wir wollen im Frühling des nächsten Jahres eine große Versammlung nach Philadelphia einberufen.«

Hamilton, der Nägel mit Köpfen machen wollte, machte einen Vorschlag: »Sagen wir doch, am 14. Mai 1787«, und mit lauter Stimme rief Starr: »Ich unterstütze den Antrag!« Und so wurde es dann auch gemacht. Als sich die beiden Freunde trennten, sagte Hamilton: »Starr, wir haben bis zum nächsten Mai noch viel zu tun«, und der Mann aus Virginia nickte, während er sich umdrehte, um den Weg nach Süden einzuschlagen.

Er hatte erst zwei Schritte gemacht, als er spürte, daß jemand seinen rechten Arm kräftig von hinten ergriff. Es war Hamilton, und dieser sagte dicht an Starrs Ohr: »Jared, wir legen entweder die Grundlage für eine neue Nation ... oder wir müssen mit ansehen, wie die alte wie ein ausgebranntes Feuer vergeht.«

Die Feierlichkeit dieser Bemerkung beeindruckte Starr

sehr. Einen Augenblick betrachtete er die Rücken der Delegierten, während sich diese voneinander verabschiedeten. »Colonel, meines Erachtens sind die meisten dieser Männer hergekommen, um die gegenwärtigen Verfassungsartikel abzuändern, aber unter keinen Umständen, um einen radikalen Ersatz zu schaffen.«

Hamilton richtete sich steif auf: »Glauben Sie, daß sich unser miserables System von heute festschreiben läßt? Nein! Ich auch nicht.«

»Sollten wir unsere Gedanken nicht jetzt in aller Klarheit zum Ausdruck bringen?«

»Nein«, sagte Hamilton, »denn heute wären alle gegen uns. Aber in acht Monaten, wenn wir wieder zusammenkommen, um die Angelegenheit zu lösen, werden alle einsehen, daß unser Vorschlag der einzig praktische Weg ist.« Sie trennten sich mit Handschlag.

Auf seinem einsamen Heimritt von Annapolis nach Virginia waren Jared Starrs Gedanken neben seinem Pferd seine einzigen Gefährten. Mein kämpferischer Vorfahr filterte auf diesem Weg zwei Überlegungen für sich heraus, an denen er für den Rest seines Lebens so unverrückbar festhielt, daß ihm kein politischer Sturm mehr etwas anhaben konnte: Wir müssen eine starke neue Regierung bekommen. Aber die Rechte Virginias müssen geschützt bleiben, welche Veränderungen wir auch vornehmen.

Hätten ruhige Zeiten geherrscht, wäre Jared nach Hause geritten und hätte in aller Stille unter seinen Nachbarn für eine neue Regierungsform geworben. Im Mai 1787 hätte er sich in Philadelphia dann dafür eingesetzt, das Werk, an dem er seit der Abfassung der Unabhängigkeitserklärung mitgewirkt hatte, fortzusetzen. Er hätte mit Sicherheit Hamiltons Forderung nach einer starken Zentralregierung unterstützt, auch wenn diese wie die britische Herrschaft viele aristokratische und monarchische Züge gehabt hätte.

Aber es herrschten keine ruhigen Zeiten. Die auf schwankendem Boden stehende Regierungsform, mit deren Hilfe die ehemaligen Kolonien versuchten, ihre Verhältnisse an der Atlantikküste zu ordnen, war so wenig wirksam, daß sie jederzeit zusammenzubrechen drohte: Die Schwächen bestanden im wesentlichen in der Unfähigkeit, Steuern einzutreiben, in dem Fehlen eines starken Justizwesens, in der Anfälligkeit gegenüber Invasionen aus Europa und im Mangel eines wirkungsvollen Mittels, Zwistigkeiten zwischen den Staaten zu bereinigen. Da jeder, der Amerika liebte, diese Schwächen erkannte, konnten auch Amerikas Feinde diese wunden Punkte nicht übersehen haben.

Als wolle er den Tiefstand illustrieren, in den die amerikanische Regierung gesunken war, erklärte dann in Massachusetts ein Landmann namens Daniel Shays, er könne die schweren Benachteiligungen nicht länger ertragen, die er und seinesgleichen gegenüber den Familien der Wohlhabenden erdulden mußten. Um sich Recht zu verschaffen, zettelte er einen Aufstand gegen die Tyrannei der Gerichtshöfe, der Banken und der meisten anderen Regierungsinstitutionen an.

Shays war in jenem Winter vierzig Jahre alt; ein engagierter Landwirt, der mit seinen Ansprachen so überzeugend wirkte, daß er unter den Farmern von Massachusetts eine große Anzahl von Anhängern gewann. Sie forderten die einfachsten Sachen der Welt: einen größeren Nachschub an Papiergeld, mit dem sie ihre hohen Schulden bezahlen konnten, das Ende der Ju-

stizpraxis, die honorige Menschen wegen Bankrotts ins Gefängnis warf, und ganz allgemein die Abschaffung dessen, was Shays »die Unterdrückung durch die Herrschaft der Reichen« nannte.
Während des kalten Winters von 1786 auf 1787 terrorisierten Shays und seine aufgebrachten Gefolgsleute das westliche Massachusetts so sehr, daß seine Rebellion, wie sie jetzt offiziell hieß, auf benachbarte Staaten überzugreifen drohte. An der Atlantikküste fragte man sich bereits voller Angst: »Ist dies eine Vorstufe des Untergangs, der noch kommen wird?« Und diejenigen, die von ihrem jeweiligen Staat beauftragt waren, das Treffen in Philadelphia zu besuchen, verbrachten die kalten Monate mit der Frage: Was können wir tun, um diesen Vorfall aufzuhalten? George Washington schrieb an John Adams, Thomas Jefferson in Paris schrieb an George Mason in Virginia, und Hamilton korrespondierte mit zahlreichen Patrioten, die eine praktikable Antwort auf jene Frage suchten, die vor allen anderen den Vorrang hatte: Was kann getan werden, um die Nation zu retten?
Niemand beschäftigte diese Frage mehr als Jared Starr, hatte er doch dazu beigetragen, dieses Experiment der Selbstregierung ins Leben zu rufen. Er hatte keine Lust, untätig dazusitzen, während Männer, die keine schwierigen Entscheidungen fällen wollten, abseits standen und das ganze Projekt auseinanderbrechen ließen. Als im Gefolge von Shays' Rebellion die Auflösung drohte, wußte wenigstens er, was zu tun war. Auf dem Ritt nach Norden legte er in Philadelphia eine Pause ein, um sich mit seinen Landsleuten in dieser geschäftigen Handelsstadt zu beraten, ritt dann weiter nach New York, um Hamilton zu versichern,

daß Virginia erstklassige Leute zur bevorstehenden Versammlung entsenden würde, und schließlich weiter nach Boston, wo er einer Regierung seine Unterstützung anbot, die sich bemühte, Shays' Rebellion zu unterdrücken.

»Wie alt sind Sie?« fragte der Führer der örtlichen Miliz, und Starr antwortete mit zusammengepreßten Zähnen: »Einundsechzig... Habe unter Washington und Hamilton gedient.«

»Wir brauchen keine Großväter«, sagte der Oberst und weigerte sich, Jared in die Miliz aufzunehmen.

So wandte sich Starr nach Westen, trat in ein improvisiert aufgestelltes Regiment unter General Benjamin Lincoln ein und wurde bei einem Scharmützel in Springfield von zwei Musketenkugeln an der linken Hüfte verwundet.

Empört über seine Bedeutungslosigkeit und wütend über die Art und Weise, mit der die Rebellierenden nach Norden hatten entkommen können, machte Major Starr den Krankenschwestern schwer zu schaffen, die ihn pflegen wollten, und er verweigerte den Ärzten die Zustimmung, sein eiterndes linkes Bein zu amputieren. Als klar wurde, daß er bald sterben müsse, schrieb er seinem Sohn Simon, der sich auf der Familienfarm in Virginia befand, einen Brief mit genauen Anweisungen:

> Das Bein wird nicht besser. Unterrichte Colonel Hamilton, und triff Vorkehrungen, meinen Platz bei der nächsten Versammlung in Philadelphia am 14. Mai einzunehmen! Denk an die beiden Überzeugungen, an denen wir festhalten! Schafft eine starke neue Regierungsform, schützt aber die

Interessen von Virginia! In dieser Hinsicht kannst du Colonel Hamilton jederzeit folgen.

Immer noch wütend gegen Krankenschwestern, Ärzte und Rebellierende, starb er Ende März 1787, nicht einmal sieben Wochen bevor fünfundfünfzig Patrioten von seinem Schrot und Korn zusammenkamen, um zu beratschlagen, wie die Vereinigten Staaten vor der völligen Auflösung bewahrt werden können.

Simon Starr
1759–1804

Ich habe immer Schwierigkeiten gehabt, meiner Frau und meinen Freunden die merkwürdige Rolle zu erklären, die Simon Starr bei der Niederschrift der Verfassung gespielt hat. Weil er eine hervorragende Persönlichkeit und eines der Gründungsmitglieder war, die bei jeder Sitzung der Versammlung zugegen waren, stellt ihn sich Nancy gern als einen Mann vor, der vor die Teilnehmer hintrat und mit einer solchen Überzeugungskraft auf alle einsprach, daß er den Ablauf der Debatten veränderte.
Leider war es nicht so. Am Vormittag dieses Freitags, bevor ich mich auf den Weg zu meinen Arbeitsräumen im Untergeschoß des Weißen Hauses machte, sah ich noch einmal die Notizen durch, die mein Großvater Richard über Simons Rolle bei der Verfassunggebenden Versammlung angefertigt hatte, und bat Nancy, ihr Gedächtnis aufzufrischen, während ich mich in die Höhle des Löwen begab.
Als ich das Weiße Haus erreichte, hatte es sich bereits herumgesprochen, daß ich am Montag vor dem Kongreßausschuß aussagen sollte. Während also Nancy ihre Zeit mit dem Studium der Verfassungsauseinandersetzungen von 1787 verbrachte, stürzte ich mich in die politischen Auseinandersetzungen von 1987.
Natürlich kamen alle meine militärischen Kollegen möglichst unauffällig vorbei, um mir viel Glück zu wünschen, und mindestens drei von ihnen verwendeten genau dieselben Worte: »Laß nicht locker, Champion!«, als wäre ich ein Boxer, der in Bedrängnis geraten ist. So kam ich mir allerdings auch vor. Dieses Gefühl ließ auch nicht nach, als Zack mich ziemlich atemlos anrief: »Norman, können wir uns in deiner Wohnung treffen? Sofort?«

»Es ist erst elf.«

»Ich habe sofort gesagt.«

Als ich zu Hause ankam, trat er auf der Treppe ungeduldig von einem Bein auf das andere, weil Nancy nicht zu Hause war. Freitag hatte sie Dienst im Lazarett, wo sie Soldaten vorlas, die beim Einsatz in irgendeinem Teil der Welt erblindet waren. Sobald wir eingetreten waren, fragte er, noch bevor er sich hinsetzte: »Hast du eine Ausgehuniform? Gut, bring sie her! So, was knallen wir alles drauf? Ich will das ganze Lametta sehen!«

Er sagte dies, weil ich vor dem Kongreß als ein Mann erscheinen mußte, den man vielleicht eines Dienstvergehens anklagte, und er wollte, daß ich, wie er es nannte, in einem strahlenden Glorienschein auftreten sollte, was bedeutete, daß er alle meine Ordensbänder, alle sechzehn, durchgehen wollte.

»Sind diese ersten drei von Bedeutung?«

»Allerdings.«

»Diese erstaunliche Leistung, die du in Vietnam bei dem Sumpfeinsatz vollbracht hast?«

»Das ist das zweite.«

»Und das erste? Hast du etwas getan, was mir entgangen ist?«

»Die Sache mit dem Sumpf war reine Routine. Kaum eine Auszeichnung wert. Dieser Orden hier war ehrlich verdient. Ich habe einem Unteroffizier das Leben gerettet, und zwar, sagen wir, unter ungewöhnlichen Umständen.«

»Kannst du dich präziser ausdrücken?«

»Die Auszeichnung war verdient. So sagte jedenfalls Präsident Nixon, als er mir den Orden anheftete. Hat ihn mir direkt in die Haut gerammt. Sehr ungeschickt.«

Zack blieb mehrere Minuten am Tisch sitzen, betrachtete die Ordensbänder und arrangierte sie in vier Reihen zu einem neuen Muster. Plötzlich fragte er: »Könnte ich deine Unterlagen noch einmal sehen?« Und als ich sie ihm überreichte, sagte er brüsk: »Schlag mir die Seiten über deine Vorfahren auf!«
Er brauchte nur ein paar Minuten, um sich über die Familie Starr zu informieren; danach verbrachte er mehrere Minuten damit, bekannte Ausdrücke aus der Unabhängigkeitserklärung und der Verfassung miteinander zu vergleichen. Mit einer ausladenden Handbewegung, die anzeigen sollte, daß er sich zu etwas entschlossen hatte, klappte er den Ordner mit den Unterlagen zu, schritt zur Tür und ging. Aber von der Straße her rief er noch einmal zurück: »Deine Uniform. Gib sie in die Reinigung!«

Am 9. Mai 1787, als Simon Starr die Plantage seiner Familie im nördlichen Virginia verließ und seinen fünftägigen Ritt zur Verfassunggebenden Versammlung nach Philadelphia begann, trug er den Brief mit den Anweisungen bei sich, den ihm der Vater kurz vor seinem Tod gesandt hatte: »Triff Vorkehrungen, meinen Platz einzunehmen... Schafft eine starke neue Regierungsform, schützt aber die Interessen von Virginia!« Klarer als die meisten anderen Delegierten erkannte Simon, wie schwierig es sein würde, die beiden letzten Aufforderungen unter einen Hut zu bringen.
Zunächst hatte man in Virginia keinen Zweifel daran gelassen, daß er und die anderen Delegierten nur befugt waren, »die bestehenden Artikel der Konföderation zu korrigieren und zu verbessern, und unter keinen Umständen irgendeine neue Regierungsform ins

Auge zu fassen«. Wollte er erreichen, was sein Vater gewollt hatte, nämlich eine starke Zentralregierung, mußte er diese Instruktionen ignorieren.

Ferner erkannte er, daß eine neue Union nur dann geschaffen werden konnte, wenn die drei großen Staaten – Massachusetts mit seinen Manufakturen im Norden, Pennsylvanien mit seinen Handelshäusern in der Mitte und Virginia mit seinen Tabak- und Baumwollplantagen im Süden – einen Weg fanden, ihre Majoritätsinteressen zu wahren und gleichzeitig den kleineren Staaten wie Rhode Island, New Hampshire und Delaware eine achtbare Stimme in jener Regierung sicherten, die sich herausbilden sollte. Bis jetzt hatte es nur einen einzigen Staat mit einer einzigen Stimme gegeben, aber seit die größeren Staaten ständig mehr Macht und Verantwortung für sich in Anspruch nahmen, durfte eine solche Unausgeglichenheit nicht andauern. Rhode Island konnte es an Bevölkerungszahl, Handel oder Reichtum mit Virginia nicht aufnehmen, und es wäre töricht gewesen, einen solchen Anspruch zu erheben.

Simon Starr hatte keine Ahnung, wie diese ausweglose Situation gelöst werden könne, aber eines stand für ihn fest: Er würde nie zulassen, daß Virginias Rechte mit Füßen getreten wurden.

Simon war in jenem Frühjahr achtundzwanzig Jahre alt. Der Absolvent des College von New Jersey in Princeton war rothaarig, schnell aufbrausend und an allen Aspekten des amerikanischen Lebens interessiert. Er hatte als Infanterist in den letzten Jahren des Unabhängigkeitskrieges gedient und war bis zum Hauptmann aufgestiegen, hatte aber keine der entscheidenden Persönlichkeiten jener Periode persönlich kennengelernt. Später hatte er allerdings mit zwei der herausragenden Gestalten Virginias, ja der ganzen Nation, korrespondiert: mit George Mason und George Wythe, dem brillanten Rechtsprofessor am William and Mary College. Er war gebildet, gut informiert, patriotisch gesonnen und entschlossen, auf der Versammlung eine gute Figur abzugeben.

Als er in jenem Mai wegritt, versicherte er seiner Frau und seinem kleinen Sohn: »Ich bin zur Ernte im Herbst wieder da«, und als er den langen Weg zur Hauptstraße hinunterritt, rief er den Sklaven, die den Weg säumten, um ihm Lebewohl zu sagen, dasselbe Versprechen zu.

In seinen Satteltaschen führte er vier Bücher mit sich, die ihm auf dem College lieb und wert geworden waren: Thukydides' Schilderung des Peloponnesischen Krieges, John Lockes Abhandlung über die Regierungsgrundsätze, ein Buch von Adam Smith über den freien Handel und einen spritzig geschriebenen Roman von Henry Fielding. Er verfügte über eine Bildung, wie sie damals in den Vereinigten Staaten oder Großbritannien nicht üblich war, aber sowohl in Princeton als auch in Virginia achtete er besonders darauf, seine geistige Überlegenheit nicht zu zeigen. Er war ein ernster junger Mann mit beachtlichen Fähigkeiten, der es aber nie an Ehrerbietung vor der älteren Generation fehlen ließ. Als eines der beiden jüngsten Mitglieder der Verfassunggebenden Versammlung empfand er sein Alter als Nachteil, aber er wollte sich älteren, tüchtigen Männern anschließen und seinen Beitrag dadurch leisten, daß er diese unterstützte.

Am späten Nachmittag eines Sonntags, am 13. Mai

1787, ritt er in Philadelphia ein, einer aufblühenden Stadt von etwa vierzigtausend Einwohnern, und er fand ohne Schwierigkeiten den Weg zur Market Street, der von Ost nach West verlaufenden Durchgangsstraße, der er in Richtung des Delaware folgte, bis er zur Fourth Street kam. Hier wandte er sich gemäß seinen Anweisungen nach Süden, bis er vor sich das einladende Schild der »Indian Queen Tavern« sah. Er band sein Pferd an, nahm die beiden Tragekörbe herunter und trat ein, um sich dem Gastwirt vorzustellen: »Simon Starr aus Virginia. Ich nehme das Zimmer, das für meinen Vater reserviert ist, für Jared Starr.«
Bei der Erwähnung dieses Namens horchten mehrere Männer, die sich unterhalten hatten, auf und traten vor, um den Neuankömmling kennenzulernen. In wenigen Augenblicken lernte er nun Mitglieder der Delegation aus Virginia, unter ihnen vier Persönlichkeiten von Rang, kennen: Edmund Randolph, James Madison und die zwei älteren Gelehrten, mit denen er in Briefwechsel gestanden hatte: George Mason und George Wythe. Als er vorgestellt wurde, sah er jedem in die Augen und sagte: »Und General Washington stammt ebenfalls aus Virginia. Nehmen Sie ihn in Ihren Kreis auf, Gentlemen, und Virginia wird stark vertreten sein!«
Hierauf sagte Madison ruhig: »So haben wir es vorgesehen.«
»Ich bin schnell geritten, um pünktlich zur morgigen Eröffnungssitzung dazusein«, sagte Starr, worauf Madison mit einem Anflug von Schroffheit erwiderte: »Das war nicht nötig. Es wird keine Sitzung geben.«
»Warum nicht?« Und nun erfuhr der junge Starr zum

erstenmal eine Grundregel der Versammlung: »Sieben der dreizehn Staaten sind erforderlich, um eine beschlußfähige Mehrheit zu bilden. Vier sind aber erst hier.«

»Wann werden die anderen hiersein?«

Madison sagte mürrisch: »Wer weiß?«

Elf Tage vergingen so in Untätigkeit, während die Delegierten langsam eintrafen, und jeden Abend informierte Madison die bereits Anwesenden über die Lage: »Zwei weitere Staaten haben sich heute gemeldet. Vielleicht klappt es Ende nächster Woche.« Obwohl sich die Nation in Gefahr befand, wie die Delegation aus Virginia glaubte, schienen die Männer, die dazu ausersehen waren, die Situation in Ordnung zu bringen, es nicht besonders eilig zu haben, mit der Arbeit zu beginnen.

Und kurz darauf kam die ernüchternde Nachricht: »Rhode Island hat es abgelehnt, irgend etwas mit unserer Versammlung zu tun zu haben. Es wird keinen Delegierten entsenden.« Dies bedeutete, daß nur zwölf Staaten an die Arbeit gehen würden.

Eines Nachts während der Wartezeit kehrte Starr zur »Indian Queen Tavern« zurück und sah, wie sich eine Gruppe von Delegierten mit einem Neuankömmling unterhielt, einem schlanken, gutaussehenden, zurückhaltenden jungen Mann von etwa dreißig, dessen Benehmen so sympathisch war, daß Simon einem Bekannten zuflüsterte: »Wer ist denn das?« Und als der Mann sagte: »Alexander Hamilton. Er ist gerade aus New York gekommen«, stieß Starr einen so lauten Überraschungston aus, daß sich der Neuankömmling umdrehte, ihn mit durchdringendem Blick ansah und mit eindrucksvoller Gebärde sagte: »Ja?«

»Ich bin der Sohn von Jared Starr.«
Im Licht der alten Freundschaft schmolz die kühle Reserve, die Hamilton an den Tag gelegt hatte, dahin. Er bahnte sich einen Weg durch die Menge, eilte auf Simon zu, umarmte ihn herzlich und rief: »Als ich vom Tod Ihres Vaters erfuhr, empfand ich einen schrecklichen Schock. Man findet nur selten einen so vertrauenswürdigen Freund.«
An jenem ersten Abend verbrachten sie drei Stunden zusammen. Hamilton versuchte in mancherlei Hinsicht, Starrs Einstellung zu prüfen, und als die Dunkelheit hereinbrach, wurde es klar, daß diese beiden Männer noch mehr gemeinsam hatten als Hamilton seinerzeit mit dem alten Jared Starr. Beide glaubten an eine starke Zentralregierung, an das Recht der großen Staaten, erheblichen Einfluß auszuüben, und besonders an die Unantastbarkeit des Eigentums. Aber gegen Ende dieses ersten Abtastens hörte Simon aus Hamiltons Mund auch Ansichten, die man als eine Neigung in Richtung zu monarchischen Regierungsformen deuten konnte: »Simon, die Welt ist aufgeteilt unter denjenigen, die Macht und Einfluß besitzen, und den anderen, die dies nicht haben. Die Regierungsgewalt muß von den ersteren ausgeübt werden, denn sie tragen das größte Risiko. Was für eine Art obersten Herrscher wir auch haben werden, er sollte lebenslang auf seinem Posten bleiben, und das sollten auch die Mitglieder des stärkeren Hauses, falls wir mehr als eines bekommen. Auf diese Weise vermeiden wir, daß die bessere Klasse von der ärmeren beherrscht wird.«
»Von der ärmeren? Denken Sie an Geld?«
Hamilton biß sich auf den Fingerknöchel: »Ja, ich glaube, so ist es. Aber ich will unbedingt, daß sich

auch diejenigen ohne Geld an unserer Regierung interessieren. Doch das Stimmrecht? Nein, nein, das sollte denjenigen vorbehalten bleiben, die finanzielle Interessen zu schützen haben.« Als Simon Hamilton zur Tür der »Indian Queen Tavern« begleitete, fühlte er sich zu diesem begabten jungen Mann unwiderstehlich hingezogen; Hamilton war so gebildet, so selbstsicher und sah so klar, was seine Nation brauchte: »Vater hat mir gesagt, Sie seien der wertvollste Mensch gewesen, dem er je begegnet ist, Colonel Hamilton. Heute abend verstehe ich ihn.« Dann fügte er zögernd hinzu: »Falls ich Ihnen in den vor uns liegenden Tagen behilflich sein kann, lassen Sie es mich bitte wissen. Sie können sich auf meine Unterstützung verlassen.«

Als sich die Delegierten in der nächsten Woche ärgerten, weil in Philadelphia immer noch keine beschlußfähige Mehrheit zustande gekommen war, suchte Simon die Nähe der Abgeordneten aus Virginia und beobachtete, mit welcher Sorgfalt sie ihre Planung ausarbeiteten, um in geistiger und politischer Hinsicht die Kontrolle über die Versammlung zu übernehmen. Die drei hellsten Köpfe, Mason, Madison und Wythe, entwarfen den Entwurf für eine völlig neuartige Regierung, und man kam überein, daß der wortgewaltige Edmund Randolph dieses Papier bei der ersten Gelegenheit am Eröffnungstag als Arbeitsgrundlage vortragen sollte, auf die die anderen Delegierten mit entsprechenden Argumenten reagieren konnten. »Wenn wir einen guten Entwurf vorstellen«, sagte Madison, »werden wir wahrscheinlich auf zwei Drittel der weniger wichtigen Einzelheiten verzichten müssen, aber das eigentliche Gerüst wird nicht angetastet werden.«

Beim Abschluß der Versammlung, einhundertundsechzehn Tage später, setzte Simon Starr ein aufschlußreiches Memorandum über seine Erfahrungen auf. Diese Notizen spiegeln zwar die großen Debatten nicht wider, die zur neuen Regierung führten, aber sie stellen getreu dar, wie ein junger Mann die Delegierten sah, die sich in jenem heißen Sommer in Philadelphia versammelt hatten, wobei die zusammenfassende Beurteilung der Versammlungsteilnehmer am aufschlußreichsten ist:

> Lediglich zwölf Staaten nominierten Delegierte, und sie schickten insgesamt vierundsiebzig Männer als Abgeordnete nach Philadelphia. Von diesen machten sich nur fünfundfünfzig die Mühe, an den Sitzungen teilzunehmen. Nur einundvierzig von diesen blieben bis zum Ende da, und von diesen wiederum waren nur neununddreißig bereit, die endgültige Formulierung der Urkunde zu unterzeichnen.

Eine seiner Eintragungen, die in späteren Jahren häufig zitiert wurde, dokumentiert die Zusammensetzung der Delegierten, aber als überraschendes Ergebnis gilt auch die Liste derjenigen, die durch ihre Abwesenheit besonders auffielen:

> Ich war überrascht, wie viele Delegierte gleich mir akademische Titel hatten, von Harvard und Yale, vom King's College in New York, vom College in Philadelphia, und außerdem wurden vier von uns aus Princeton erwartet. Ich war erstaunt, unter ihnen Männer, die in Oxford in England studiert hatten, zu finden, an den Inns of

Court in London, in Utrecht in Holland und am St. Andrews College in Schottland. Wir stellten keinen Haufen ungebildeter Farmer dar, wir waren, wie einige sagten, »die Elite der ehemaligen Kolonien«.
Aber mich beeindruckten gleichermaßen jene bedeutenden Namen, die ich zu sehen erwartet hatte, die aber fehlten. Patrick Henry war nicht da, ebensowenig die beiden Adams aus Massachusetts. Tom Jefferson weilte in Frankreich. Auch John Marshall fehlte, ebenso James Monroe und John Jay. John Hancock, der Freund meines Vaters, war nicht hier, ebensowenig der berühmte Dr. Benjamin Rush. Und ich hatte umsonst erwartet, den berühmten Schriftsteller und Politiker Noah Webster zu sehen.

Acht der Männer jedoch, die anwesend waren, versetzten nicht nur Simon Starr, sondern auch alle anderen Delegierten in tiefe Ehrfurcht. Es waren jene Männer, die es elf Jahre zuvor gewagt hatten, die Unabhängigkeitserklärung zu unterzeichnen; jene Männer also, die zusammen mit Simons Vater ihr Leben aufs Spiel gesetzt hatten, um das Prinzip der Freiheit zu verteidigen. Jeder dieser acht Männer machte sich mit Simon bekannt und erwähnte die große Wertschätzung, die seinem Vater zuteil geworden war. Und Simon war von dieser Tatsache tief bewegt. Besonders zwei dieser Älteren gewannen seine ehrliche Zuneigung:

Ich war am Eröffnungstag enttäuscht darüber, daß Benjamin Franklin nicht anwesend war, aber am Vormittag des zweiten Tages hörte ich Lärm auf der Straße vor unserer Versammlungshalle und einige begeisterte Zurufe. Ich lief hinaus, um mir Gewißheit zu verschaffen, und sah mitten auf der Straße etwas Erstaunliches: eine verglaste, reich geschmückte Sänfte von der Art, wie sie von europäischen Königen benutzt wurde. Sie hing an zwei dicken Stangen, die auf den Schultern von sechs riesigen Gefangenen aus dem Ortsgefängnis ruhten. Drinnen, von Kissen gestützt, saß ein alter, kahlköpfiger Mann, der wie ein komischer Ochsenfrosch aussah. Es war Dr. Franklin, der bekannteste der Delegierten und mit einundachtzig Jahren der älteste. Gicht, Fettleibigkeit und schmerzende Gelenke machten es ihm unmöglich, zu Fuß zu gehen. Als die sechs Sträflinge die Sänfte in die Halle trugen, machte ihn jemand darauf aufmerksam, daß ich anwesend sei. Er gebot den Gefangenen anzuhalten und winkte mich zu sich, und als ich hinzutrat, streckte er beide Arme aus der Sänfte, um mich zu umfassen. Tränen traten in seine Augen, als er sagte: »Sohn eines tapferen Mannes, werde so wie er!«

Franklin spielte wie General Washington fast keine Rolle bei den Beratungen. Die beiden waren jedoch besonders wertvolle Statisten, erinnerten sie doch die anderen Delegierten an das Ruhmesblatt der Unabhängigkeit und an die bravourösen Taten, die zu ihr geführt hatten. Noch ein weiterer Delegierter, der die Unabhängigkeitserklärung unterzeichnet hatte, übte einen tiefen Eindruck auf Starr aus:

Es war eines Morgens in der Versammlungshalle, als ich spürte, daß mich jemand am Arm zupfte; ich drehte mich um und sah einen Mann, den ich nicht kannte: ein kleiner, rundlicher Bursche Mitte Vierzig, kahlköpfig und mit dicken Augengläsern. An seiner äußeren Erscheinung war nichts, was man sich hätte merken müssen, und als er sprach, machte ein schwerer, schottischer Akzent seine Worte fast unverständlich. »Hallo, junger Mann«, sagte er. »Gehe ich recht in der Annahme, daß Sie Jared Starrs Sohn sind?« Als ich die Frage bejahte, sagte er lächelnd: »Ich bin James Wilson, Schottland und Pennsylvanien, und ich erfreute mich der Unterstützung Ihres Vaters bei der Unabhängigkeitserklärung. Ich nehme an, daß Ihr Vater von mir gesprochen hat?« Vater hatte ihn nicht erwähnt, und ich wußte nichts von dem Mann, der mir gegenüberstand. Aber im Laufe der Monate entpuppte sich dieser ganz gewöhnlich aussehende Mann, der keine Redegewandtheit besaß, als der eigentliche Felsen in den Stürmen der Versammlung. Mir fiel auf, daß die anderen verstummten, wenn er sprach, um ihm zuzuhören, denn er hatte nicht nur ein umfassendes Wissen, sondern redete auch vernünftig. Er war ohne Zweifel das Gehirn unserer Anstrengungen, denn mit seiner erbarmungslosen Logik räumte er falsche Ideen aus dem Weg, und seine schottische Begeisterungsfähigkeit sorgte dafür, daß sich die guten Ideen anderer Männer durchsetzten. Große Redner wie Gouverneur Morris von Pennsylvanien und Dr. William Samuel Johnson aus Connecticut hielten glühende Ansprachen, von denen leider die Hälfte auf falschen Voraussetzungen beruhte, aber James Wilson behielt auf seine ruhige Art immer recht, und wenn er sechs Tage hintereinander überstimmt worden war, erhob er sich am siebten mit neuen Argumenten und gewann die Auseinandersetzung. Wenn unsere Verfassung auch in der Anwendung erfolgreich geworden ist, dann weitgehend deshalb, weil Wilson ihre Grundsätze in eine vernünftige Form gebracht hat.

Es war Simon klargeworden, daß Hamilton und Wilson von entscheidendem Einfluß auf seine Stimmabgabe in der Versammlung gewesen waren. Deshalb fügte er noch eine Anmerkung hinzu, damit ihm nicht jemand vorwerfen könne, in seiner Loyalität schwankend geworden zu sein:

> Ich weiß, daß ich einmal gesagt habe, Hamilton sei meine Richtschnur, und jetzt sage ich, Wilson war sie. Die Erklärung ist einfach. Die Delegation aus New York bestand aus drei Männern, Hamilton und zwei anderen, aber diese beiden lehnten die Bemühungen der Versammlung ab, gingen nach wenigen Tagen ihre eigenen Wege und kamen nie wieder. Dadurch stand der arme Hamilton allein auf weiter Flur, denn die Stimmabgabe erfolgte nach Staaten, wie ich schon erwähnt habe, und da nun zwei der drei Delegierten aus New York fehlten, konnte der Staat keine beschlußfähige Mehrheit aufbringen. Einer der führenden Männer der Nation besaß also keine Stimme mehr und ritt verärgert zurück nach

> New York; so war er auch während der heißen Tage abwesend, als Männer wie Madison, Mason und Wilson die entscheidenden Details festlegten. Das ist also die Erklärung: Hamilton war nicht mehr anwesend, Wilson aber war da, und so schloß ich mich der vernünftigen und festgefügten Führerschaft des letzteren an.

Und jetzt kommen wir zu einer Merkwürdigkeit, die alle folgenden Starrs erheblich in Verlegenheit brachte. Während der gesamten hundertundsechzehn Tage, die die Versammlung dauerte, wobei einige Debatten so heftig geführt wurden, daß es fast zu Gewalttätigkeiten kam, äußerte Simon Starr kein einziges Wort. Er nahm an jeder Sitzung teil, verfolgte jede Debatte mit großer Aufmerksamkeit und besprach abends in der »Indian Queen Tavern« die verschiedenen Wendungen, aber in der Versammlungshalle sagte er nichts.
Als ich mich bemühte, mich ihm über die Jahrhunderte hinweg zu nähern, dachte ich bei mir: Wie konnte ein Absolvent von Princeton, ein Mann mit einer großen Privatbibliothek, an einer weltbewegenden Auseinandersetzung teilnehmen und keinen eigenen Beitrag leisten? Er hatte sich dieselbe Frage gestellt:

> Unter den Delegierten waren außer mir sieben, die nichts oder nur wenig sagten: William Blount aus North Carolina, Nicholas Gilman aus New Hampshire, Richard Basset aus Delaware, William Few aus Georgia, John Blair aus Virginia sowie Thomas Mifflin und Robert Morris aus Pennsylvanien. Wir schwiegen, glaube ich, weil

> wir dachten, daß wir uns überlegenen Persönlichkeiten gegenüberbefanden, Männern, die entweder über weitgestreute Erfahrungen wie Dr. Franklin verfügten oder ein intensives Wissen wie Madison und Wilson besaßen. Wir verspürten keinen Drang, unsere Unwissenheit zur Schau zu stellen.
> Wir überließen das Podium wortgewaltigen Rednern wie Gouverneur Morris und Roger Sherman aus Connecticut, die beide über einhundertvierzigmal das Wort ergriffen. Kenner der Geschichte und der Politik wie Madison und Wilson hatten zu jedem Thema unweigerlich etwas Einleuchtendes zu sagen. Wir acht nicht.

Simon hinterließ einen Absatz, der spätere Generationen verwundert hat – besonders uns, die öffentliche Anfechtungen wie beispielsweise Watergate und den gegenwärtigen iranischen Waffenskandal erlebt haben:

> Eine der ersten Entscheidungen, die wir trafen, als wir uns schließlich versammelten, war die, daß unsere Beratungen unter Ausschluß der Öffentlichkeit stattfinden sollten. Journalisten sollten keinen Zutritt zu unserem Versammlungsraum erhalten. Und alle Anwesenden verpflichteten sich, nichts von unseren Debatten nach außen dringen zu lassen. Einhundertundsechzehn Tage lang trafen sich also fünfundfünfzig Männer, die zu den führendsten unserer Nation gehörten. Sie argumentierten und begaben sich anschließend in ihre Gasthöfe, um die Debatte fortzusetzen. Wir befaßten uns mit den wichtigsten Fragen, die es gibt, mit den Problemen der Selbstregierung, und

kein einziger Diskussionspunkt drang in die Außenwelt. Auf diese Weise brauchten sich die Delegierten nicht um öffentliche Anerkennung zu bemühen, und was noch wichtiger war, sie konnten jederzeit ihren Standpunkt ändern und auf eine schwache Position verzichten, die sie übereilt angenommen hatten. Ich hörte einmal, wie Gouverneur Morris an vier aufeinanderfolgenden Tagen erhitzt fünf verschiedene Standpunkte zu einem Problem einnahm, und sich schließlich für den richtigen Standpunkt entschied.

So viel über die Diskussionen. Die Aufzeichnungen sind wichtig, weil sie ein sympathisches Licht auf die Delegierten und ihre seelisch belastende Arbeit werfen. Noch wichtiger ist, daß wir erkennen können, wie diese einflußreichen Männer die großen Probleme ihrer Zeit anpackten, und in der Familie Starr sind wir stets stolz auf die geheime Rolle unserer Ahnen beim größten Sieg unserer Verfassung gewesen, so wie uns jeder Fehlschlag unserer Vorfahren bei den Bemühungen um diese Verfassung beschämt hat.
Ich habe gesagt, daß an der Versammlung fünfundfünfzig Delegierte teilnahmen. In Wirklichkeit gab es noch zwei zusätzliche, unsichtbare »Teilnehmer«, die bei fast jeder Debatte unhörbar ihre Stimme abgaben. Es waren Daniel Shays, der Revolutionär aus Massachusetts, und Cudjoe, ein schwarzer Sklave aus Afrika. Sobald die Auseinandersetzung zwischen den drei großen Staaten, die sich berechtigt fühlten, ein größeres Mitspracherecht in der Regierung zu haben, und den verschiedenen kleineren, die einen Schutz für ihre Rechte forderten, so hitzig wurde, daß ein Kom-

promiß unmöglich schien, erwähnte jemand Daniel Shays, und die Gefahr einer ähnlichen Rebellion in den ganzen Staaten stand vor den Augen der Delegierten. Dann ließen die Gefühlsaufwallungen nach, die Debatte wurde in gedämpfterer Form fortgesetzt, und man begann, sich ernsthaft Gedanken darüber zu machen, wie man dieses Dilemma lösen könne, um den großen Staaten die Möglichkeit zu geben, ihren Einfluß, den sie zweifellos besaßen, auszuüben, ohne die kleineren Staaten zu übervorteilen. So spielte Daniel Shays im Hintergrund eine entscheidende Rolle.

An einem Juniabend, nach einem glühend heißen Tag erbitterter Auseinandersetzungen, trank Simon Starr ein Glas Bier in der »Indian Queen Tavern«. Da sah er eine Gruppe von Delegierten. Einige von ihnen hatten tagsüber das Wort ergriffen, aber die meisten hatten wie er selbst geschwiegen. Als nun Simon das Wort ergriff, scharten sich die meisten um ihn: »Machen wir uns doch nichts vor! Ich werde jetzt Klartext reden.« Er befeuchtete sich die Lippen, strich sich mit beiden Händen seine roten Haare zurück und sagte: »Es ist eingemeißelt in Granit und untrennbar mit den Bergen unseres Landes verschmolzen, daß die drei großen Staaten Massachusetts, Pennsylvanien und Virginia sich nie damit einverstanden erklären werden, daß es nur einen einzigen Staat, eine einzige Stimme geben soll. Dies ist der Ausgangspunkt, bei dem wir beginnen müssen.«

Aber ein Delegierter von Delaware, ein zurückhaltender Mann, der ebenfalls in der öffentlichen Debatte nichts sagte, wandte ein: »So unerbittlich wie die Gezeiten des Meeres, die keine Macht auf der Erde anhalten kann, werden sich die kleineren Staaten einer Gesetzgebung widersetzen, in der wir keine gleich starke Vertretung gegenüber den großen Staaten haben würden, und das bedeutet: ein Bundesstaat, eine Stimme.«

»Wenn ihr kleinen Staaten *darauf* besteht«, erklärte Simon warnend, »werden wir, die volkreicheren Staaten, einfach nach Hause gehen, eine Art von eigener Union bilden und euch kleinen anheimstellen, euch später anzuschließen, wenn ihr zur Vernunft gekommen seid.«

Der Mann aus Delaware und seine Gefolgsleute ließen sich nicht einschüchtern: »Wenn uns keine Gerechtigkeit widerfährt, verlassen *wir* die Versammlung und bilden eine Allianz mit irgendeiner europäischen Nation.«

Solche direkten Redewendungen – Worte, die ans Herz rührten – hätten in der Vollversammlung nicht ausgesprochen werden dürfen, aber sie mußten einmal geäußert werden, und nun standen sie im Raum: Wir bestehen auf unserem Standpunkt, oder wir fahren nach Hause.

Es überstieg die Fähigkeiten des jungen Starr, zwischen diesen unnachgiebigen Positionen einen Kompromiß zustande zu bringen, aber er war vernünftig genug, den Grad der Ausweglosigkeit zu erkennen, vor der die Nation stand. Deshalb sprach er Delegierte der mittelgroßen Staaten an, was ihn in die Reihen der Männer aus Connecticut und South Carolina führte, die aufmerksam zuhörten, als er von der eisernen Entschlossenheit der Kontrahenten berichtete, unter gar keinen Umständen nachzugeben. Während der nächsten Tage wurde die Auseinandersetzung in der Versammlung fortgeführt, wobei man sich zwar zurückhielt, aber keinerlei Zugeständnisse machte.

Schließlich wurde ein Ausschuß ernannt, der eine Kompromißlösung zwischen den großen und den kleinen Staaten finden sollte, und unter Roger Sherman entstand ein Entwurf, der ganz anders als die vorausgegangenen Vorschläge aussah: Die Gesetzgebung sollte auf zwei Häuser verteilt werden, auf ein Oberhaus, in dem jeder Staat ohne Rücksicht auf seine Größe nur einen Vertreter haben sollte, und auf ein Unterhaus, das von der Bevölkerung gewählt werden und dessen Anzahl von Mitgliedern von der Bevölkerung und den abgeführten Steuern des jeweiligen Staates abhängen sollte. Einige verlangten, daß die Mitglieder des Oberhauses auf Lebenszeit bestimmt werden sollten, und alle waren sich darin einig, dem Unterhaus bestimmte Privilegien zuzugestehen. So kam ein einzigartiger Kompromiß zustande, und Simon Starr, der bei Tage offiziell geschwiegen hatte, war nachts zur eigentlichen Triebkraft geworden.

Die Einzelheiten des Kompromisses mußten natürlich langsam und in hitzigen Debatten erarbeitet werden. Zum Beispiel wurde die Mitgliederzahl des Unterhauses willkürlich auf sechsundfünfzig Sitze festgelegt: Virginia sollte neun, Pennsylvanien acht, Massachusetts sieben bekommen, New Hampshire sollte zwei und Delaware und Rhode Island sollten je einen Sitz erhalten. Viele Delegierte lehnten diese Verteilung ab, aber nach längeren Diskussionen wurde eine Korrektur vorgeschlagen, der alle zustimmen konnten: Die Zahl der Sitze im Unterhaus wurde von sechsundfünfzig auf fünfundsechzig angehoben, so daß die Übermacht der großen Staaten verringert und das Gewicht der mittleren Gruppe gestärkt wurde.

Der große Kompromiß, der bestmögliche, kam am

Montag, dem 16. Juli 1787, zur entscheidenden Abstimmung, und das Abstimmungsergebnis war sehr knapp, wie sich Simon in seinen Aufzeichnungen erinnerte:

> Als der Termin für die Abstimmung herankam, wurden diejenigen von uns, die für eine starke, neue Regierung eintraten, besonders nervös, weil nur einige wenige Staaten das Stimmrecht besaßen, wir aber wußten, daß die beiden großen Staaten, Virginia und Pennsylvanien, dagegen waren, während der dritte große Staat, Massachusetts, überhaupt kein Stimmrecht hatte, denn seine Delegation war in zwei gleiche Teile gespalten. New York konnte während des größten Teils der Versammlung nicht abstimmen, weil zwei seiner drei Delegierten schon frühzeitig abgereist waren. Man stelle sich das einmal vor! Alexander Hamilton, einer der Baumeister unserer Nation, hatte in diesem Haus kein Stimmrecht, weil New York keine stimmberechtigte Mehrheit seiner Delegierten zustande brachte! Rhode Island hatte von Anfang an auf jegliche Teilnahme verzichtet, und das arme New Hampshire hatte nie genug Geld zusammengebracht, um uns zwei Delegierte zu entsenden, obwohl der Sommer bereits zu Ende ging und unsere Arbeit schon fast erledigt war.
> Bei einer Abstimmung, die zu den wichtigsten in der Geschichte unserer Nation zählte, nahmen also nur neun Staaten teil, und während der Auszählung wurde mir übel, als die ersten drei Stimmen negativ ausfielen. Dann kam es zum Unentschieden, dann stand es vier negative gegen drei positive Stimmen, und eine weitere negative Stimme

hätte alle unsere Hoffnungen zunichte gemacht. Aber die letzten beiden Stimmen waren positiv. Die Nation wurde durch die positive Stimmabgabe fünf kleinerer Staaten gerettet, ganz klar, daß ich mich in jener Nacht betrank.

Nachdem er wieder nüchtern war, dachte Simon zunächst über den großen moralischen Sieg jenes Tages nach, der darin bestand, daß die Delegierten ihre regionalen Vorurteile begraben hatten, um eine Union zu bilden. Dann aber dachte er über die moralische Feigheit derselben Delegierten nach, sich selbst eingeschlossen:

Wir haben uns wie Angsthasen geweigert, jenes Wort, das unsere Nation bedrückt, auch nur zu erwähnen. Wir schieben alles vor uns her, und wenn wir weiterhin unsere Verantwortung ignorieren, wird uns dieses Problem weiterhin belasten, und zwar immer schlimmer, bis es unsere Nation zerstört.

Er sprach natürlich von der Sklaverei, jener finsteren Erscheinung, die alle Diskussionen überschattete und im Hintergrund jeder Debatte erschien. Cudjoe, der Sklave, tauchte überall auf, und die unangenehmen Probleme, die er aufwarf, wurden immer wieder diskutiert, gelöst, abgelehnt und wieder diskutiert. Wobei die zweite oder dritte Lösung kaum besser als die erste war und ohnedies schlechter, wenn es um die moralische Einstellung ging.
Von den fünfundfünfzig Delegierten waren an die achtzehn Sklavenhalter, und von den Unterzeichnern der Unabhängigkeitserklärung waren es ein Dutzend

gewesen. Einige hatten nur wenige Sklaven, andere, wie etwa George Mason, der die Sklaverei verabscheute und für die Freilassung der Sklaven eintrat, hatten viele. Auch Washington hielt Sklaven, ebenso die beiden Pinckneys, Charles und Charles Cotesworth sowie John Rutledge aus South Carolina. Starr, dessen Familie stets Sklaven besessen hatte, nannte siebzehn sein eigen und fand, da er aus Virginia stammte, diese Einrichtung ganz normal, aber seine in Princeton als Student und jetzt in Philadelphia als Delegierter gesammelten Erfahrungen stimmten ihn, was die künftige Entwicklung betraf, bedenklich. Doch fand er es faszinierend und zugleich erstaunlich, daß Washington einige seiner Sklaven freigelassen hatte und daß Mason in der Sklaverei einen Fluch sah, obwohl er viele Sklaven besaß.

»Ich wäre bereit, meine Sklaven freizulassen«, sagte Starr zu seinen Südstaatenfreunden in der »Indian Queen Tavern«, »wenn es nur irgendeine Möglichkeit gäbe, daß sie sich weiterhin um die Baumwolle kümmern.« Sobald er dies gesagt hatte, flammte der Streit zwischen seinen Freunden neu auf. Einer sagte in scharfem Ton: »Es gibt in Wirklichkeit drei Amerikas, und unser Problem liegt darin, alle drei zufriedenzustellen: den Norden ohne Sklaven, den tiefen Süden, der sie für die Baumwolle und den Zucker braucht, und die vom Glück begünstigten Staaten wie North Carolina, Virginia und Maryland, die zwar Sklaven haben, aber auch ohne sie leben könnten.«

Ein kluger Mann aus Georgia wies auf einen Umstand hin, den Simon zuvor nicht bedacht hatte: »In Georgia und den weiter im Westen gelegenen Gebieten müssen wir weiterhin Sklaven importieren. Wir wären am

Ende, falls kein Nachschub mehr käme. Aber in Virginia? Sie könnten viel Geld verdienen, falls die Einfuhr unterbrochen würde, denn dann könnten sie die überflüssigen Sklaven nach Georgia schicken und mit großem Profit verkaufen. Unserer Meinung nach seid ihr Leute aus Virginia ebenso schlecht wie die Menschen aus Neuengland.«

Im weiteren Verlauf der Debatte erfuhr Simon, daß sich die Versammlung nicht vor der Lösung von vier schwierigen Sklavenproblemen herumdrücken konnte: Sollte der Sklavenhandel generell verboten werden? Und falls er fortgesetzt würde, sollten weitere Einfuhren aus Afrika gestattet werden? Wenn ein Sklave von einer Plantage im Süden davonlief und im Norden die Freiheit suchte, würde dann die Bundesregierung verpflichtet sein, ihn seinem rechtmäßigen Besitzer zurückzugeben? Und, was das erstaunlichste der vier Probleme war, sollte ein Sklave einem Weißen gleichgesetzt werden, wenn es um die Zumessung von Steuern und die Vergabe von Sitzen im Kongreß ging? Die Auseinandersetzungen über diese kritischen Fragen führten zu erstaunlichen Erklärungen.

So argumentierte John Rutledge, daß Religion und Menschlichkeit der Einfuhr von Sklaven nicht im Weg stünden. Lediglich finanzielle Interessen seien ausschlaggebend. Falls die Nordstaaten dies sorgsam bedachten, könnten sie nicht dagegen Stellung nehmen, weitere Sklaven einzuführen, denn je mehr Sklaven es im Süden gab, desto mehr Waren konnten die Leute im Norden verkaufen.

Pierce Butler aus South Carolina wollte in der Verfassung festgehalten haben, daß flüchtige Sklaven, die im Norden die Freiheit suchten, wie Verbrecher ihren

Besitzern im Süden wieder ausgeliefert werden sollten.
Ein Sprecher nach dem anderen betonte, daß Sklaven ein Besitztum seien wie andere Gegenstände auf einer Plantage, und daß der Süden die Sicherheit haben müsse, daß der Besitz von Sklaven legal ist.
Roger Sherman brachte die Frage ins Gespräch, die viele Leute aus dem Norden vor den Kopf stieß: »Warum sollten Sklaven, die im Süden als Eigentum gelten, bei der Vergabe von Parlamentssitzen berücksichtigt werden, wenn Rinder und Pferde im Norden auch nicht vertreten sind.«
General Charles C. Pinckney hatte darauf eine Antwort: »Die Schwarzen ebenso wie die Weißen in die Volksvertretung einzuschließen ist nur ein Akt der Gerechtigkeit. Denn die Schwarzen sind die Landarbeiter der Südstaaten und produzieren genauso Wohlstand wie die Arbeiter im Norden. Ihr Beitrag zum Wohlstand der Nation ist der gleiche, und wenn man Geld als die Grundlage der Kriegführung betrachtet, stärken sie die Nation in gleichem Umfang. Eine Vertretung der Sklaven im Parlament wäre auch vorteilhaft für den Norden, denn je größer die Abordnung der Südstaaten ist, um so mehr Steuern werden sie bezahlen.«
Gouverneur Morris lehnte die Sklaverei vehement ab: »Sie ist eine bösartige Einrichtung. Sie ist der Fluch des Himmels, über jene Staaten verhängt, in denen sie existiert.« Er sagte, er würde lieber eine besondere Steuer zahlen, um alle Neger in den Vereinigten Staaten freizulassen, als in der Verfassung Artikel zu sehen, die die Sklaverei sanktionierten.
Solche Tiraden versetzten William Richardson Davie

aus North Carolina in Wut, und er erklärte, es sei höchste Zeit, die Wahrheit zu sagen. Falls es die Delegierten ablehnten, Schwarze zu mindestens drei Fünfteln mitzuzählen, sei die Versammlung am Ende ihrer Weisheit angelangt, und er ließ durchblicken, daß sich North Carolina zurückziehen würde.

Natürlich war es Gouverneur Morris, der dieser Drohung entgegentrat: »Man hat gesagt, es sei höchste Zeit, die Wahrheit auszusprechen. Ich werde es ganz offen tun. Ich bin hergekommen, um zum Wohle Amerikas ein Paket von Gesetzen zu verabschieden. Ich bin bereit, dies mit allen Staaten zu tun. Ich hoffe und glaube, daß sich alle einer solchen Maßnahme anschließen werden. Wenn sie sich weigern, bin ich bereit, mit jenen Staaten, die sich anschließen wollen, gemeinsame Sache zu machen.« Dies war freilich eine ebenso schwere Drohung wie die von Davie, aber dann griff Morris in seiner persönlichen Art auf alle seine früheren Reden zurück und bot das Bild ausgesprochener Versöhnungsbereitschaft. Er sagte, daß es vor dem Hintergrund der Freiwilligkeit von den Nordstaaten töricht sei, auf Forderungen zu bestehen, denen die Südstaaten niemals zustimmen würden, und umgekehrt.

Seine Verständigungsbemühungen erwiesen sich als fruchtlos, und als Starr mit seinen Freunden in der »Indian Queen Tavern« zusammentraf, mußte er feststellen, daß sowohl die Südstaatler als auch die Vertreter des Nordens bereit waren, sich zu trennen, falls ihre vorgefaßten Meinungen nicht anerkannt würden. In der Erkenntnis, daß die ganze Versammlung Gefahr lief auseinanderzubrechen, suchte er Madison auf und erfuhr zu seiner Überraschung, daß sich dieser einflußreiche Mann aus Virginia dafür einsetzte, einen Zeitpunkt festzulegen, nach dem die Einfuhr von Sklaven für gesetzwidrig erklärt werden sollte; das Jahr 1800 schlug er als annehmbares Datum vor. Starr eilte zu seinen Freunden zurück: »Ich halte einen Kompromiß für möglich.« Ein schlechter Kompromiß war die Folge: Der Kongreß konnte für diejenigen Staaten, die 1787 bereits bestanden, vor 1808 kein Einfuhrverbot aussprechen, wollte sich aber auch zu diesem Zeitpunkt nicht festlegen.

Bei der Frage, ob entlaufene Sklaven, die ihre Freiheit somit erreicht hatten, wieder einzufangen und in ihr Abhängigkeitsverhältnis zurückzuführen seien, gewann der Süden. Nach der Verfassung mußte dieser beschämende Akt durchgeführt werden.

Dann kam die entscheidende Frage, die sowohl moralische Prinzipien, politische Macht als auch das Steueraufkommen und die Unantastbarkeit des Eigentums berührte. Die Meinungen waren regional bedingt kontrovers. Bei der Zuweisung von Sitzen im Unterhaus des Kongresses wollte der Süden, daß jeder Sklave als ein Bürger mitgezählt würde, aber der Norden wandte dagegen ein: »Wenn ein Sklave keine politischen Rechte hat, kann er kein Bürger sein.« Bevor diese stark gefühlsmäßig geprägte Streitfrage geklärt war, verlangte der Süden bereits: »Wenn Sklaven keine Staatsbürger sind, können sie auch nicht mitgezählt werden, sobald die Steuern veranschlagt werden.« Dagegen wandte der Norden ein: »Wir setzen die Steuern entsprechend der Volkszählung fest, und ob jemand Staatsbürger oder nicht ist, spielt keine Rolle.«

Eines Abends erklärte Simon gegenüber den anderen

in der Versammlung schweigenden Mitgliedern: »Der Süden will Wählerstimmen, aber keine Steuern zahlen. Der Norden will, daß wir Steuern zahlen, hat aber zu wenig Stimmrecht. Diese Tatsache kann uns auseinanderbringen.« Die Debatte zog sich hin und wurde glänzend geführt, weil sich Männer mit starker Überzeugungskraft diesem kompliziertesten aller Probleme widmeten. Zu guter Letzt wurde auch hier ein Kompromiß erzielt, einer, der zwar schwere moralische Mängel hatte, der es aber den beiden Hälften der Nation erlaubte, wenigstens vorläufig zusammenzubleiben.

Gestützt auf das letzte Ergebnis der Volkszählung, das die Unterlage für die Sitzverteilung und die Steuererhebung lieferte, sollten fünf schwarze Sklaven soviel wie drei Weiße zählen. Es gab keine sinnvolle Erklärung für eine solche Absprache, aber sie war die beste, die im Jahr 1787 erreicht werden konnte, und sie rettete die Einheit der Nation bis 1861 – bis der Bürgerkrieg die Angelegenheit blutig bereinigte.

Und jetzt geschah etwas höchst Merkwürdiges. Obwohl die fünfundfünfzig Delegierten die Streitfrage der Sklaverei einen langen Sommer lang debattiert hatten, wobei das Wort »Sklave« Tausende von Malen verwendet wurde, schreckten jetzt, da sie ihre Schlußfolgerungen schriftlich niederlegen sollten, alle – der Norden ebenso wie der Süden – davor zurück, das Wort »Sklave« in ein Dokument einzufügen, das sie allmählich für etwas Heiliges hielten. Die Debattierenden äußerten sich mit Nachdruck gegen die Verwendung des Wortes, aber keiner nannte ehrlich den Grund dafür: Es wäre völlig unangebracht gewesen, eine Urkunde mit einem Ausdruck zu belasten, aus dem deutlich hervorging, daß ein großer Teil der betroffenen Menschen nicht frei war. In der Nacht, in der die Entscheidung gefallen war, schrieb Simon Starr in sein Tagebuch:

> Wie beschämend sind die Umschweife, zu denen wir Zuflucht nehmen. Aus Afrika importierte Schwarze sind keine »Sklaven«. Sie sind »Personen wie alle anderen jetzt in den Staaten lebenden Menschen, die wir anstandslos zulassen sollten«. Wir fürchteten uns, einfach zu erklären, »entlaufene Sklaven sollen in die Leibeigenschaft zurückgeführt werden«, denn diese Worte sind einfach zu häßlich. Statt dessen fiel uns diese wunderschöne Umschreibung ein: »Niemand, der in einem Staat nach den dortigen Gesetzen zu Dienstleistungen oder zu Zwangsarbeit festgehalten wurde und in einen anderen Staat entkommt, soll aufgrund der in diesem Staat herrschenden Gesetze oder Richtlinien aus solcher Dienstleistung oder Zwangsarbeit entlassen, sondern demjenigen übergeben werden, der einen Anspruch auf eine solche Dienstleistung oder Zwangsarbeit hat.« Was in der Welt sollen diese Worte bedeuten? Welche Verbrechen vertuschen sie?

Simon konnte in dieser Nacht auf sich und seine Kollegen nicht stolz sein.

Drei der führenden Delegierten besuchten die formlosen abendlichen Diskussionen nie: General Washington hatte mit den einheimischen Führern von Philadelphia zu viel zu besprechen. Benjamin Franklin war zu gebrechlich. Und James Madison, der zurückgezogene Gelehrte, blieb in seinem Zimmer und beschäftigte sich mit Dingen, die niemand genau kannte. Aber eines Abends tauchte Madison plötzlich auf, ein kleiner, wenig eindrucksvoller Bursche Ende der Dreißig mit durchdringendem Blick und einem Benehmen, das andeutete, daß er sich von Narren nicht gern hinters Licht führen ließ.

»Starr«, rief er so leise, daß nur wenige es hören konnten, und als Simon auf ihn zutrat, sagte er nichts, sondern deutete nur an, daß sie sich in Madisons Zimmer zurückziehen sollten. Als sich die Tür hinter ihnen schloß, sah Starr einen Haufen von Papieren auf einem niedrigen Schreibtisch getürmt und am Boden verstreut. Er wußte nicht, warum Madison ihn zu sich gerufen hatte, und wandte sich um, um eine entsprechende Frage zu stellen. Da sagte Madison in herzlichem Tonfall: »Ich wußte gar nicht, daß Sie das College in Princeton besucht haben.« Die freundschaftliche Art, mit der diese Worte ausgesprochen wurden, ermunterte Simon zu der Frage: »Sie auch?«

Ja, etwa acht Jahre bevor Simon die ausgezeichnete presbyterianische Schule besuchte, in der so viele junge Leute aus dem Süden ausgebildet wurden, hatte sich Madison durch seine hervorragenden Arbeiten dort bereits einen Namen gemacht. Aber jetzt, als er sich mit Simon über ihre Jahre im College unterhielt, sagte Madison bescheiden: »Das Studium war leicht. Ich schloß ein zusätzliches Jahr an, um Hebräisch und Ethik zu belegen.«

»Warum?«

»Man muß vieles wissen... viele verschiedene Dinge.« Er dachte darüber nach und fügte dann hinzu: »Schon als ich Mitglied des Continental Congress war, wurde mir klar, wie jetzt auch hier, daß ich jeden

Gesichtspunkt aus Geschichte, Philosophie und Ethik verwenden kann, den ich im College kennengelernt habe.«
»Und Hebräisch?«
»Dergleichen erweitert den Gesichtskreis.«
»Mir ist bei den Debatten aufgefallen, daß Sie sehr folgerichtig denken.«
»Warum reden denn Sie nie öffentlich? Man hat mir gesagt, daß Sie bei den nächtlichen Gesprächen sehr wirkungsvoll auftreten.«
Starr verneigte sich und stellte eine sehr direkte Frage: »Wann wurden Sie geboren, Mister Madison?«
»Im Jahr 1751.«
»Dann sind Sie nur acht Jahre älter als ich. Das kann ich nicht glauben.«
»Ach, Mr. Starr. Lassen Sie nicht den Kopf hängen! Diese Jahre habe ich unablässig studiert, jetzt aber suche ich Ihre Hilfe als die eines sehr aufgeweckten jungen Gentleman. Es geht um einen Text, den ich vor einigen Tagen verfaßt habe.« Dabei nahm er von seinem Schreibtisch einen Pack von Blättern hoch, auf die unter dem Datum des Montags, des 18. Juni, mit großer Sorgfalt verschiedene Absätze aufgeschrieben standen. Die Eintragungen begannen mit: »Mr. Hamilton hat sich bisher vor der Versammlung über die anstehenden Probleme nicht geäußert, teilweise aus Respekt anderen gegenüber, deren Überlegenheit an Wissen, Lebensalter und Erfahrung es ihm verbot, andere Ideen als die ihrigen zur Sprache zu bringen...«
»Sie sind mit dem Colonel befreundet, nicht wahr?« fragte Madison.
Simon antwortete ohne Zögern: »Ich verehre ihn.«
»Gut! Und Sie haben gestern seine Rede gehört?«

»Ja.«
»Sie haben meine Notizen in der Hand, die zusammengefaßt ausdrücken, was er meines Erachtens gesagt hat. Ich möchte, daß Sie die Unterlagen aufmerksam durchlesen und auf alle diejenigen Stellen hinweisen, bei denen ich ihm rückblickend Unrecht getan haben könnte.«
»Warum?«
»Weil ich über die eindeutig monarchische Natur seiner Vorschläge entsetzt war – über seinen willfährigen Respekt für alles Britische.«
»Manchmal gehen seine Gedankengänge diesen Weg«, gestand Simon ein und dachte dabei an seine Diskussionen mit Hamilton. »Aber ich glaube nicht, daß seine vor der Versammlung geäußerten Bemerkungen...«
»Gut! Zeigen Sie mir bitte als sein Freund, wo ich einen Irrtum begangen haben könnte.«
Simon erzählte seinen Bekannten oft von diesem bemerkenswerten Abend, und woran sie sich in erster Linie erinnerten, waren seine abschließenden Bemerkungen:

> Bis tief in die Nacht hinein, während ich aufmerksam durchlas, was Mr. Madison über Colonel Hamiltons Ausführungen geschrieben hatte, saß ich auf der einen Seite der Lampe, er auf der anderen. Ich las gespannt weiter, er schrieb wütend vor sich hin, und als ich zu Ende war, fragte ich: »Was schreiben Sie da, Mr. Madison?« Er sagte: »Jeden Abend, wenn die Debatte endet, komme ich her und versuche, sie getreulich Rede für Rede festzuhalten«, und als ich ihn fragte,

warum er dies tue, da wir doch Major William Jackson als unseren bezahlten Sekretär hätten, sagte er: »In den kommenden Jahren wird die Republik eine ehrliche Darstellung dessen brauchen, was wirklich geschehen ist.«
Mr. Madison steht jeden Tag früh auf, nimmt ein frugales Frühstück zu sich, spricht vor der Versammlung, nimmt nachdrücklich an der Debatte teil, redet viel mehr als die meisten anderen und mit größerem Nachdruck und geht dann nach Hause. Hier ißt er bescheiden zu Abend und bringt dann seinen Bericht über die Geschehnisse zu Papier. Er braucht dies nicht zu tun. Als ich ihm die Hamilton-Unterlagen, in denen ich die monarchisch gefärbten Absätze kommentiert hatte, übergab, fragte ich ihn, wie viele Seiten sein Tagebuch enthalte. Da antwortete er mit der Genauigkeit, die seine ganze Handlungsweise charakterisiert: »Ich schätze, es werden etwa eine Viertelmillion Worte sein.« Und das Riesenwerk entstand nachts, während wir übrigen argumentierten und Bier tranken.

In den letzten Phasen dieser langen Sitzungen fügte Simon noch ein weiteres Lebensbild hinzu, das nach seinem Tod ein verbreitetes Echo finden sollte:

Da war noch ein Delegierter aus Pennsylvanien, den ich erst spät kennenlernte, und zwar unter unglücklichen Umständen. Ich konnte ihn anscheinend nicht richtig begreifen, denn obwohl er nur sieben oder acht Jahre älter war als ich, hatte er sich eine so verbindliche Umgangsform angeeignet, die er bei jeder Gelegenheit zur Schau stellte und derentwegen ich ihn zugleich verabscheute und beneidete. Es war Gouverneur Morris, ein großer, dicklicher und fast ölig wirkender Mann, der die Gewohnheit hatte, sich an jeden heranzumachen, der ihm für seine Argumentation nützlich erschien. Er sprach weit öfter als alle anderen bei der Versammlung, aber wenn ich ihm genau zuhörte, schien er zwar jeden einzelnen Aspekt der Streitpunkte zu behandeln, doch folgte er dabei der wirkungsvollen Taktik, bei Beginn seiner interessanten Reden zuzugeben, daß er nun gegen seine vorher geäußerten Worte sei, weil er sich über Nacht mit denjenigen, die mehr zu dem Thema wußten, unterhalten habe und man ihn überzeugt habe, daß er im Irrtum sei. Dann schloß sich jedesmal eine heftige Verteidigung seiner neuen Position an. Ich hörte mir dann stets seine ersten vier Reden an und wartete dann ab, bis er zu seiner fünften Stellungnahme kam, die manchmal sehr vernünftig schien, denn er war nicht dumm, es fehlte ihm nur an Charakter.

Was mich an Morris erstaunte, während ich seine wechselnden Ansichten verfolgte, war seine Wirkung auf Frauen; denn wann immer irgendeine Ehefrau oder Tochter nach Philadelphia kam, um einen der Delegierten zu besuchen, war er zur Stelle – ein Galan aus dem Palast Ludwigs XIV., der hofhielt, Hände küßte und Komplimente äußerte, die einem normalen Mann die Röte ins Gesicht getrieben hätten. Er stand in dem Ruf, bei den Damen viel Anklang zu finden, und ich bemerkte, daß er, wenn ihm eine Kellnerin einen

Krug Bier brachte, diese mit derselben übertriebenen Höflichkeit behandelte, die er der Ehefrau eines wohlhabenden Geschäftsmannes entgegenbrachte, und die Kellnerin nahm seine Liebenswürdigkeit entgegen, als stehe sie ihr zu.
Und all dies, wohlgemerkt, mit einem verkrüppelten rechten Arm, über den ihm als Kind kochendes Wasser gegossen worden war, und einem steifen Holzbein als Folge eines Reitunfalls in seiner Jugend. Er war ein roher Mensch, und ich konnte ihn nicht leiden.

Aber Simon schrieb noch einen zweiten Bericht über Morris, und diese Zeilen haben den seltsamen Frauenhelden unsterblich gemacht:

> Am Samstagnachmittag, dem 8. September 1787, waren wir Delegierten überzeugt, alle Entscheidungen getroffen zu haben, damit unsere junge Nation gedeihen konnte, aber die Papiere, die unsere Schlußfolgerungen enthielten, befanden sich in einem traurigen Durcheinander. Deshalb wies uns General Washington an, in geheimer Abstimmung fünf aus unserer Mitte zu wählen, die Ordnung in dieses Chaos bringen sollten. Als die Stimmen ausgezählt wurden, stellte sich heraus, daß die fähigsten Männer unter den Gewählten waren, so auch Hamilton und Madison. Diesen fünf wurde also die unmögliche Aufgabe übertragen, Ordnung in unsere neue Regierung zu bringen. Sie sollten am Samstagabend an die Arbeit gehen, den ganzen Sonntag durcharbeiten und ihr Arbeitsergebnis am Montag vorlegen. Dies erwies sich jedoch als ein unmöglicher Auf-

trag. Am Montag meldeten sie kleinlaut, daß sie noch einen zusätzlichen Tag benötigten, und dieser wurde ihnen zugestanden.

Zu meiner Überraschung war auch Gouverneur Morris in dieses entscheidende Gremium gewählt worden. Als ich meine Freunde nach dem Grund hierfür fragte, meinten sie: »Er versteht es, mit Worten umzugehen.«

Es gibt kein schriftliches Zeugnis darüber, wie das Gremium die drei Nächte und zwei Tage verbrachte, aber es sprach sich herum, daß die fünf entsetzt waren, als sie den vor ihnen liegenden Haufen von Papieren sahen und erkannten, daß sie es mit dreiundzwanzig unzusammenhängenden und teilweise widersprüchlichen Artikeln zu tun hatten, die sie zu einem einheitlichen Dokument zusammenfassen sollten. Ich kann mir aber vorstellen, daß Morris vortrat, den Papierberg in die Arme nahm – in einen gesunden und einen verkrüppelten – und sich niedersetzte, um das Ganze noch einmal niederzuschreiben. Die anderen vier, die von der Schwierigkeit des Unterfangens überwältigt waren, dürften froh gewesen sein, daß er sich an diese Arbeit machte.

Hamilton erzählte mir: »Es war Morris, der diese hervorragende Präambel verfaßte. Er lieh sich den Ausdruck ›Wir, das Volk‹ von einer früheren Version aus, aber aus eigenen Stücken setzte er die bedeutenden Worte ›der Vereinigten Staaten‹ hinzu. Und er allein war verantwortlich für jenes Feuerwerk von sechs kurzen, schlichten Verben, die Handlungsbereitschaft und Entschlossenheit signalisierten, ›vervollkommnen‹, ›verwirklichen‹, ›sichern‹, ›sorgen‹, ›fördern‹ und ›bewahren‹. Gleich von Anfang an sollte die Welt wissen, daß es uns ernst war.«

In den folgenden Tagen ging das Gerücht um, daß Morris den Auftrag seinen eigenen Absichten angepaßt habe und wieder in die Argumentation zurückgefallen sei, mit der er bei den Debatten überstimmt wurde, aber keiner der anderen vier machte ihm dies zum Vorwurf. Was er tatsächlich tat – darin stimmten alle überein –, war, die Machtfülle der Bundesregierung deutlicher und klarer zum Ausdruck zu bringen.

Als wir anderen Delegierten die Beschlüsse des Gremiums schließlich in gedruckter Form erhielten und mit Bewunderung erkannten, daß dreiundzwanzig unzusammenhängende Artikel zu sieben Artikeln von bemerkenswerter Präzision komprimiert worden waren, nahmen wir an, daß dies die Leistung von Hamilton und Madison gewesen sei. Als ich aber letzterem leise dazu gratulierte, berichtigte er mich: »Nein, es war der Gouverneur. Er hatte ein Chaos vor sich und brachte es in eine logische Ordnung und einen treffenden Stil.«

Jetzt, da unsere neue Regierung ein Erfolg zu werden scheint, ist sie bei allen, die es nicht besser wissen, sehr angesehen, und man preist Madison als den Vater unserer Verfassung. Alle jedoch, die wie ich die Vorgänge aufmerksam verfolgten, sind eher geneigt, das Verdienst James Wilson zuzuschreiben. Aber wer auch immer der Vater gewesen sein mag, die Hebamme, welche die Geburt abwickelte, war Gouverneur Morris, der einbeinige Dandy. Vielleicht braucht jede Nation immer wieder einmal einen Mann, der es versteht, Worte nicht nur mit Präzision, sondern auch mit innerer Anteilnahme einzusetzen.

Am Montag, dem 17. September 1787, versammelten sich einundvierzig müde, aber glückliche Delegierte zum letztenmal in dem Raum, in dem ihre Debatten stattgefunden hatten. Bewaffnete Wachen hielten noch immer neugierige Fremde fern, denn die Schweigepflicht, die diese Delegierten vor so langer Zeit gelobt hatten, bestand noch immer, und es entstand eine allgemeine Erregung, als man sich gegenseitig zuraunte: »Ich glaube, wir werden heute fertig.«

Als die Sitzung begann, überraschte General Washington die Anwesenden, indem er seine erste und einzige Ansprache vor den Delegierten hielt. An allen früheren Tagen hatte er schweigend dagesessen, während um ihn herum stürmisch debattiert wurde, aber jetzt erhob er sich, um einen Antrag zu unterstützen, daß die Mitgliedschaft im Unterhaus auf eine demokratischere Basis gestellt werde, indem auf jeweils dreißigtausend Einwohner ein Abgeordneter entfallen solle statt wie vorgesehen auf jeweils fünfzigtausend. »Gegen den Vorschlag wurden keine Einwände erhoben, und er wurde einstimmig angenommen«, schrieb Madison später. Washington hatte eine besondere Art, Einstimmigkeit herbeizuführen.

Aber jetzt kam ein höchst schmerzlicher Augenblick, denn als sich die Delegierten anschickten, zur entscheidenden Abstimmung zu schreiten, die über die Zukunft ihrer Nation befinden sollte, stellte sich heraus, daß sich drei der fähigsten und klügsten Mitglieder der

Versammlung weigerten, das Dokument zu unterzeichnen. In einem leidenschaftlichen Aufschrei bat Alexander Hamilton die drei, nicht abseits zu stehen: »Niemandes Ideen sind weiter von diesem Papier entfernt als die meinigen. Aber kann man denn zwischen Anarchie und Umsturz auf der einen Seite und der Chance, mit diesem Papier Gutes zu erreichen, auf der anderen Seite überhaupt abwägen?« Er bat die Delegierten inständig, sich ihm anzuschließen und einstimmig zu unterschreiben.

Sein Appell blieb ungehört. Edmund Randolph aus Virginia, Elbridge Gerry aus Massachusetts und, zu aller Verwunderung, George Mason aus Virginia weigerten sich, ihre Unterschrift zu leisten; nicht einmal die dringende Bitte Dr. Franklins, die von James Wilson verlesen wurde, konnte ihre Haltung ändern.

Einundvierzig Männer waren an jenem Vormittag versammelt, drei verweigerten die Unterschrift, und doch unterzeichneten neununddreißig. Wie war dies möglich? John Dickinson aus Delaware mußte schon vorher aus Philadelphia abreisen. Er wollte aber unbedingt beim Zustandekommen einer neuen Regierungsform mitwirken, weshalb der zweite Delegierte aus Delaware, George Read, bevollmächtigt wurde, in seiner Vertretung die Stimme abzugeben.

In jener Nacht verfaßte James Madison, der sich noch immer mit seinem persönlichen Tagebuch befaßte, eines der reizvollsten Kapitel der amerikanischen Geschichte:

> Als die letzten Mitglieder unterschrieben, blickte Dr. Franklin zum Sessel des Präsidenten hinüber, hinter dem eine aufgehende Sonne an die Wand

gemalt war. Zu einigen in seiner Nähe befindlichen Abgeordneten sagte er, daß es den Malern schwergefallen sei, in ihrer Kunst zwischen einer aufgehenden und einer untergehenden Sonne zu unterscheiden. »Ich habe«, sagte er, »immer wieder im Lauf der Debatten bei allen Wechselbädern zwischen Hoffnung und Angst bezüglich des endgültigen Ausgangs auf diese Darstellung hinter dem Präsidenten geschaut, ohne daß ich hätte sagen können, ob die Sonne auf- oder untergeht. Aber jetzt habe ich endlich die glückliche Gewißheit, daß es sich um eine aufgehende Sonne handelt.«

Dies waren die letzten Worte, die Madison in sein Tagebuch eintrug, und während er noch mit ihnen beschäftigt war, begaben sich die übrigen Delegierten hinüber zur »City Tavern«, um den Tag im Freundeskreis mit einem Fest abzuschließen.

Die Nation hatte es nicht eilig, die von meinem Vorfahren Simon Starr und seinen achtunddreißig Kollegen entworfene Verfassung anzunehmen. Man war übereingekommen, daß neun Staaten die Verfassung ratifizieren mußten, damit sie in Kraft treten konnte. Da aber das widerspenstige Rhode Island sich immer noch weigerte, irgend etwas mit der Verfassung zu tun haben zu wollen, bedeutete dies: neun Staaten von zwölf. Wenn also vier den Text ablehnten, war die ganze Arbeit umsonst gewesen.
Der zeitliche Ablauf ging erschreckend langsam vor sich. Die fertige Urkunde wurde der Nation im September 1787 präsentiert, doch der neunte Staat, der sie

ratifizieren sollte, New Hampshire, unterschrieb sie erst im Juni 1788. Die neue Regierung wurde schließlich ins Amt eingeführt, als General Washington am 30. April 1789 als Präsident vereidigt wurde.
Simon Starr machte sich trotz des sehr knappen Abstimmungsausgangs um die Ratifizierung in Massachusetts verdient, als Veteranen der Shaysschen Rebellion die Wahlberechtigten in lärmenden Ansprachen gegen den Verfassungsentwurf mobilisieren wollten.

> Die Verfassung wurde von Reichen zum Schutz ihres Reichtums niedergeschrieben. Sie behalten ihre Sklaven. Die Ländereien im Westen, mit denen so viele von ihnen spekuliert hatten, machen diese Leute immer reicher. Ihre Manufakturen sind geschützt, und jeder Artikel in dem Dokument begünstigt sie und unterdrückt uns. Der arme Farmer erhält keinen Ausgleich, deshalb darf der von den Reichen niedergeschriebene Verfassungsentwurf, der nur für die Reichen ausgearbeitet wurde, nicht unterzeichnet werden.

Freunde der Verfassung, die um jede Stimme warben, luden Simon Starr ein, als Sohn des Patrioten Jared Starr zur Verteidigung des neuen Entwurfs anzutreten. Wie schon sein Vater ergriff er die Gelegenheit, dem Norden zu helfen, und bei einer Versammlung in Boston wies er die Gegner in die Schranken:

> Ich besitze Sklaven, und ich bekenne, daß der Verfassungsentwurf mich in dieser Hinsicht als Eigentümer schützt. Ich besitze einige Anteile an einem spekulativen Grundprojekt im Westen,

und wenn Sie den Entwurf ratifizieren, werden diese Ländereien im Wert steigen. Und ich habe andere kleine Beteiligungen im ganzen Lande. Dies ist es, was wir in Philadelphia zu erreichen versuchten: den Aufstieg für alle zum Nutzen aller. Ich glaube, daß wir dies Ziel erreicht haben. Natürlich war ich mir bewußt, daß alles, was wir taten, auch meinen Besitz vergrößert, aber zum Zeitpunkt der Stimmabgabe standen diese persönlichen Interessen nicht im Vordergrund. Das gleiche gilt auch für die anderen. Wir waren neununddreißig gewöhnliche Menschen, ebenso aufrichtig oder unaufrichtig wie jeder andere. Wir bemühten uns nur, eine starke, neue Nation aufzubauen, die in der Lage ist, sich selbst zu erhalten, und ich glaube, daß wir dieses Ziel erreicht haben. Bitte, akzeptieren Sie unsere Arbeit! Ratifizieren Sie den Text, und wir alle werden Nutzen daraus ziehen!

Nach einer knappen Abstimmung – einhundertsiebenundachtzig gegen einhundertachtundsechzig – war Massachusetts der sechste Staat, der ratifizierte. Der Engpaß war überwunden, und als sich drei weitere Staaten anschlossen – Maryland, South Carolina, New Hampshire –, wurde die neue Nation geboren. Bei ihrem Zustandekommen hatten meine Vorväter Jared und Simon Starr eine ehrenvolle, wenn auch nicht besonders auffallende Rolle gespielt.
Es ist wohl der letzte Eintrag in Simons Unterlagen, verfaßt im Jahr 1806, der den ausgeglichensten Eindruck vom Wesen derjenigen vermittelt, die die Verfassung niedergeschrieben und unterzeichnet haben:

Ich bin immer stolz auf das, was meine Kollegen von der großen Versammlung erreicht haben, seit wir Philadelphia verließen. Alexander Hamilton war die führende Persönlichkeit unter den ersten Präsidenten, und James Madison war mit beinahe gleichem Erfolg in verschiedenen Ämtern tätig. Ich glaube, daß über ein Dutzend von uns zu Senatoren der Vereinigten Staaten berufen wurden, vier von ihnen aus jener Gruppe, welche die anderen Delegierten »Die Schweiger« nannten, weil sie an den Debatten nicht teilnahmen: Richard Bassett, William Blount, William Few und Nicholas Gilman. John Rudledge wurde Erster Richter am Obersten Gerichtshof, und drei weitere waren als seine Mitarbeiter tätig: John Blair, William Paterson und der brillante James Wilson. Aber es gab auch andere, denen es nicht so gutging, und in einigen Fällen waren die Lebensschicksale bedauernswert. Niemand stand, bevor die Verfassung in Kraft trat, höher und nach dem Abschluß der Verhandlungen tiefer als Robert Morris, der patriotische Bankier des amerikanischen Unabhängigkeitskrieges. Als ich ihm 1787 zum ersten Mal begegnete, flüsterte man sich zu, er sei der reichste Mann in Amerika und besitze ein riesiges Barvermögen und ausgedehnte Ländereien. Aber im Laufe der Jahre begann sein geschäftlicher Stern zu sinken, bis er den größten Teil seines Besitzes verkaufen mußte. Im Jahr 1798 zwangen ihn seine noch immer nicht zufriedengestellten Gläubiger, sich sogar von dem prächtigen Haus zu trennen, in dem er während der Versammlung General Washington bewirtet hatte. Aber auch dies verschaffte ihm weder zeitlichen Aufschub noch Erleichterung. So schokkierend es auch heute noch scheinen mag: Dieser einstmalige Millionär wurde ins Schuldgefängnis geworfen, wo er drei lange Jahre saß und keinerlei Hilfe von den Freunden erhielt, die es zu großen Vermögen gebracht hatten, weil sie seinen Ratschlägen gefolgt waren. Sein Los sprach sich unter den ehemaligen Delegierten herum, und einige von uns sammelten so viel Geld, daß er aus dem Gefängnis freigekauft werden konnte, aber er verbrachte seinen Lebensabend in Armut, bis er – einsam und vergessen – im Alter von dreiundsiebzig Jahren starb.

Auch vier andere Delegierte mußten verzweifelt mit ansehen, wie sie ihren Bankrott nicht aufhalten konnten. Der traurigste Fall war der von James Wilson, meinem Vorbild und Richter am Obersten Gerichtshof. Er hatte so viel Geld mit Grundstücksspekulationen im Westen verloren, daß ein ganzer Schwarm von Gläubigern über ihn herfiel. Um dem Bankrott zu entgehen, floh er nach New Jersey, wo er, zum Entsetzen aller, weiterhin für das Gericht tätig war. Als schließlich seine geistigen Fähigkeiten nachließen, setzte er sich nach North Carolina ab, wo sich ein Richterkollege seiner erbarmte und ihm ein Häuschen zur Verfügung stellte. Hier starb er im Alter von sechsundfünfzig Jahren in geistiger Umnachtung. Ich betrauerte diesen großen Mann aufrichtig, als ich von seinem Hinscheiden hörte.

Zutiefst bekümmert war ich, als ich erfuhr, daß zwei meiner Mitdelegierten, ausgeprägte Patrioten, als ich sie kennenlernte, sich so unverantwortlich benahmen, daß sie des Hochverrats beschuldigt wurden. Jonathan Dayton aus New Jersey hatte sich so mit Aaron Burr, diesem Erzfeind der Menschheit, eingelassen, daß formelle Anklage wegen Hochverrats gegen ihn erhoben wurde; nur knapp entging er einem Prozeß. William Blount aus North Carolina gehörte dem Senat an, als seine riesigen Grundstücksspekulationen fehlschlugen und er sich in vielschichtigen und illegalen Verhandlungen mit Spanien, Großbritannien und verschiedenen Indianerstämmen verfing. Als belastende Briefe abgefangen wurden, schloß man ihn mit einem Stimmenverhältnis von fünfundzwanzig zu eins aus dem Senat aus. Das Gericht stellte ihn dann unter Anklage, aber der Senat urteilte, daß der Ausschluß genug sei, und damit endete sein Fall.

Für mich endete die Versammlung an einem sonnigen Julitag im Jahr 1804, als ein reitender Bote vor meinem Haus hielt und rief: »Simon! Simon! Haben Sie schon gehört? Alexander Hamilton ist tot.« Ich blieb wie angewurzelt stehen. Die heiße Sonne brannte auf mein Gesicht, ich war wie gelähmt. Hamilton tot? Ein junger Mann, dem alle Wege offenstanden? Der Baumeister der Stabilität unserer Nation? Ein Sieger im offenen Kampf, ein ständiger Gewinner in den Debatten, der fähiger war als wir alle – ein Mann, den ich wegen seines Mutes und seiner Tapferkeit verehrte. Und nun dieser vernichtende Schlag, von dem ich mich nie wieder erholen würde können.

»Simon! Es ist wahr. Aaron Burr hat ihn im

Duell erschossen. Es ging um die politische Ehre.« Und als die Nachricht schließlich durchsickerte, stellte ich fest, daß mein Informant die Wahrheit gesagt hatte: Alexander Hamilton, der beste Mann seiner Generation, war durch eine Kugel aus der Pistole von Aaron Burr gestorben, jenem Verräter, der Zwist und Zwietracht gesät hatte. Mein Gott, daß so etwas passieren darf!

Unsere Familie besitzt genaue Unterlagen über die Ereignisse an jenem unheilvollen Tag im Jahr 1804, weil Simons Sohn Edmund, der später Richter am Obersten Gerichtshof werden sollte, Aufzeichnungen über das Drama hinterließ:

Mein Vater Simon lebte den Rest des Jahres 1804 in einem Trancezustand und war unfähig, sich längere Zeit auf etwas zu konzentrieren. Der Tod Hamiltons, jenes Mannes, den er über alle Maßen bewunderte, stellte für ihn eine Tragödie dar, mit der er nicht fertig werden konnte. Im Jahr 1805 raffte er sich auf, und er reiste nach Philadelphia, wo er mit Hilfe des Gouverneurs Morris, den er zunächst nicht leiden hatte können, eine Art Hilfsfonds für ihren Mitdelegierten Robert Morris einrichtete, der verarmt war.

Als er Ende dieses Jahres heimkehrte, geriet er in Konflikt mit einem Parteigänger Jeffersons namens Killbride, der in Culpeper lebte. Obwohl dieser den Verblichenen nur beim Namen kannte, zog er das Andenken an Hamilton ständig in den Schmutz und beschuldigte ihn, ein Royalist gewesen zu sein, der in Washington einen König auf den Thron setzen wollte. Mein Vater dagegen griff Präsident Jefferson an, weil er in ihm einen Radikalen im Solde Frankreichs sah. Bei einer Debatte in Washington brachte Killbride meinen Vater so in Wut, indem er Hamilton verunglimpfte, daß es für meinen Vater keinen anderen Ausweg gab, als Killbride zum Duell zu fordern, was sofort akzeptiert wurde.

Vater wählte mich als seinen Sekundanten, und an einem grauen Novembermorgen schritten wir zu acht in den Nebel hinein und stellten uns, wie es die Tradition vorschrieb, zum Duell auf. Als Sekundanten mußten Killbrides Vertreter und ich ein letztes Mal fragen, ob sich die beiden Kontrahenten versöhnen wollten, und beide antworteten mit fester Stimme: »Nein!« So war das Duell nicht mehr aufzuhalten.

Der Unparteiische zählte von eins bis zehn, und die beiden Männer entfernten sich voneinander. Ich dachte bei mir: Mein Gott, wenn sie bloß immer weitermarschieren würden! Aber bei der Zahl Zehn, die wie eine Totenglocke klang, drehten sie sich um und feuerten. Mein Vater fiel tot zu Boden, mit einer Kugel direkt über dem Herzen.

So endete seine Sorge um die amerikanische Verfassung und seine Bewunderung für Alexander Hamilton.

An jenem Abend, als ich unter den Bäumen spazierenging, die er auf unserem Grundstück gepflanzt hatte, dachte ich bei mir: Neununddreißig haben unsere Verfassung unterzeichnet, zwei endeten als Verräter, zwei starben im Duell. Das macht zehn Prozent, und ich mußte schmunzeln, wie es mein rothaariger Vater gemußt hätte, als ich mich an die Angriffe erinnerte, denen er in Massachusetts beim Kampf um die Ratifizierung ausgesetzt gewesen war – daß nämlich die Schöpfer der Verfassung alle reich geworden seien, alle noch Sklaven besäßen und alle ihre Privilegien zu schützen verständen.

Nein! Nein! Es gab auch eine Menge gewöhnlicher Männer, schlechte und gute, dumme und helle; einige waren für die Sklaverei, einige dagegen – und zwei von ihnen, Hamilton und mein Vater, waren bereit gewesen, ihr Leben der Verteidigung jener Ideen, an die sie glaubten, zu opfern.

Richter Edmund Starr
1780–1847

Auf eine nahezu widersinnige Art und Weise habe ich mir stets eine spezielle Zuneigung für einen meiner am wenigsten bewunderungswürdigen Vorfahren bewahrt. Mit seiner hünenhaften Gestalt übertraf mich Richter Edmund um mindestens sechzig Kilo Körpergewicht, aber vom Intellekt her war er, fürchte ich, ein Zwerg. Wie viele Mitglieder unserer Familie errang er zunächst öffentliche Aufmerksamkeit dank seiner Tapferkeit vor dem Feind bei der Verteidigung unserer Nation, aber diese frühen Taten sind nicht der Grund dafür, daß er in die Geschichte eingegangen ist. Ich bewundere ihn, weil er ein Beispiel dafür ist, wie Männer oder Frauen von nur bescheidenem Horizont manchmal große Wirkung erzielen können. In seinem Fall ging es darum, die Gesellschaft in entscheidenden Augenblicken auf dem rechten Wege zu halten. Richter Starr erhob seine gewaltige Körperfülle auf der Bank des Obersten Gerichtshofs der Vereinigten Staaten zu einer Zeit, als eine loyale und zuverlässige Stimme wie die seinige benötigt wurde, und auf seine spezielle Art trug er dazu bei, die Grundsätze festzulegen, die unsere Nation zusammenhalten. Als ich am Freitagabend müde und tief besorgt aus dem Weißen Haus zurückkehrte, wollte ich Nancy natürlich nicht mit Spekulationen darüber verängstigen, was sich bei meinem Auftreten vor dem Kongreßausschuß ereignen könnte. Statt dessen fand ich Trost in einem Gespräch mit ihr über die manchmal komischen juristischen Erlebnisse unseres alles andere als illustren Vorfahren.

Ein Nachbar sagte einmal von Richter Starr. »Wegen einer Wette, ob er mehr als dreihundertfünfundzwanzig Pfund wog, stellten wir ihn auf die Waage, die ich für Mastschweine verwende, und sie pendelte bei dreihundertdreiundzwanzig Pfund ein.« Ein Richterkollege, der den radikalen Ansichten von Thomas Jefferson zuneigte, charakterisierte ihn als »sowohl körperlich wie geistig schlapp«, während ein Gastwirt in Washington sagte: »Seine große Liebe gilt dem dunkelbraunen Ale, das er in ausgiebigen Mengen konsumiert.« Der Erste Richter John Marshall, dessen Meinung zählt, schrieb über ihn:

> Ganz gleich, wie hitzig die Debatte wurde oder wie sehr die Bevölkerung oder die Anhänger von Jefferson gegen das Gericht zu Felde zogen, ich konnte mich immer auf Richter Starr verlassen. Häufig erfaßte er die verwickelte Situation eines Falles gar nicht ganz, und manchmal verwechselte er sogar die Standpunkte der verschiedenen Parteien, so daß er nicht wußte, ob er den Kläger oder die Regierung unterstützte, wenn ich ihm aber die Feinheiten einer Vorlage erklärte, akzeptierte er meine Analyse und entschied in Übereinstimmung mit den Prinzipien, die ich fest verankern wollte.

Starr war nicht von Anfang an fettleibig und beschränkt gewesen. Als ein schlanker junger Farmer aus Virginia beschloß er im Jahr 1799 eines Tages: »Ich will Jurist werden.« Also nahm er, ohne offizielle Ausbildung irgendwelcher Art und ohne in der Kanzlei eines niedergelassenen Anwalts zu arbeiten, an Prozessen teil, las ein paar Bücher und bot sich als Verteidiger an. Seine liebenswürdige Art und sein Hausverstand ließen ihn auf dem flachen Lande vor Gericht bestehen, und als er 1812 gegen die Briten zu Felde zog, ließ er eine einträgliche Praxis zurück. Er trat in die Miliz von Virginia ein, nahm hintereinander an drei amerikanischen Niederlagen teil, legte aber einen solchen Kampfgeist und persönlichen Mut an den Tag, daß er zum Hauptmann und dann zum Major befördert wurde.

Auf dem östlichen Kriegsschauplatz, wo er stets im Einsatz war, fiel er dem damaligen Kriegsminister James Monroe auf, und als Monroe Präsident wurde, berief er Starr an den Obersten Gerichtshof.

Ich glaube, in gewisser Weise verkörpert Edmund die Starrs insgesamt. Immer bereit, dem Vaterland zu dienen. Meist an der Front, selten im Licht der Öffentlichkeit. Und aus irgendeinem merkwürdigen Grunde waren wir am glücklichsten, wenn wir uns der Führung einer Persönlichkeit anschließen konnten, die bedeutender war als wir. Jared sagte bei den Auseinandersetzungen, die zur Unabhängigkeitserklärung führten, nur wenig, folgte aber der Führung von Benjamin Franklin. Sein Sohn Simon sagte in der entscheidenden Versammlung kein Wort, hörte aber auf Hamilton. Und Simons Sohn, der Richter, ließ ein Dutzend historischer Prozesse vor sich abrollen, ohne auch nur eine Frage zu stellen. Wenn aber der Erste Richter Hilfe brauchte, war er zur Stelle.

So saß also dieser Hüne im Obersten Gerichtshof, hörte zu und döste vor sich hin, während Marshall und Story die einzelnen Fälle auseinanderpflückten und den Anwälten kritische Fragen stellten. »Er ist wie ein großes, schlafendes Walroß«, sagte eine Zeitung, »das darauf wartet, daß ein Fisch vorbeischwimmt«, und so erschien er auch in mehreren Karikaturen der damaligen Zeit: Sein herunterhängender

Schnurrbart verwandelte ihn in ein menschliches Ungetüm, auf dem ein Walroßkopf saß. In einem Brief an seine Frau erklärte der Richter das Einvernehmen, das sich zwischen ihm und Marshall entwickelt hatte:

> Er fühlt sich in meiner Gesellschaft wohl, weil keiner von uns beiden jemals Rechtswissenschaften studiert hat. Wir sind ganz von selbst zu Juristen geworden. Außerdem war er zuvor nie ein Richter gewesen; er hüpfte direkt auf die Bank des Obersten Gerichts. Er sagte einmal: »Ich denke nach und denke immer noch einmal nach und treffe dann die richtige Entscheidung; anschließend überlasse ich es dem Richter Story, die Gründe zu finden, auf denen der Entschluß basieren soll. Er ist ein Gelehrter, ich bin's nicht.«

In der Sitzungsperiode vom Februar 1819 wurde Richter Starr das Privileg zuteil, an den Beratungen teilzunehmen, die von den Fachjuristen als »die sechs wichtigsten Wochen in der Geschichte jedes höheren Gerichts« bezeichnet werden. In einer Reihe tiefgreifender Entscheidungen verankerten Richter Marshall und seine sechs Beisitzer damals die Regeln, nach denen die Nation in Zukunft regiert werden sollte. Am Ende dieser aufregenden Periode sagte Marshall: »Starr, eine Verfassung ist ein Bündel von Wünschen, bis die Gerichtshöfe ihnen ein Rückgrat geben.« Die Vereinigten Staaten waren nach diesen erregenden Wochen nie wieder dasselbe wie früher.

Es gab noch einen wesentlicheren Grund, warum Starr und Marshall so problemlos miteinander zusammenarbeiteten: Beide verabscheuten Tom Jefferson. Marshall trug oft jene unglaubliche Erklärung über die

Rebellion von Shays bei sich, die Jefferson aus der Sicherheit seiner Tätigkeit in Paris heraus verfaßt hatte:

> Gott verhüte, daß wir jemals zwanzig Jahre ohne solch eine Rebellion leben müssen. Was für ein Land kann sich seine Freiheit bewahren, wenn seine Regierung nicht von Zeit zu Zeit darauf hingewiesen wird, daß sich das Volk den Geist des Widerstandes bewahrt hat. Laßt sie zu den Waffen greifen! Was bedeuten schon ein paar Menschenleben, die in einem Jahrhundert oder in zweien verlorengehen? Der Baum der Freiheit muß von Zeit zu Zeit mit dem Blut von Patrioten und Tyrannen gestärkt werden. Das ist sein natürlicher Dünger.

»Stellen Sie sich einen solchen Mann als Präsidenten vor!« grollte Marshall. »Unsere Aufgabe ist es, dem von ihm eingeführten Radikalismus entgegenzuwirken«, und genau das taten die beiden Richter.

Es begann mit dem berühmten Prozeß »Dartmouth College gegen Woodward«, bei dem Marshall auf die Unverletzlichkeit von Verträgen pochte, eine Entscheidung, die es dem Geschäftsleben der Nation erlaubte, die nächsten hundert Jahre in geordneten Bahnen zu wachsen und zu funktionieren. Welche Rolle spielte unser Richter in diesem entscheidenden Fall? Er war anscheinend den leidenschaftlichen Auseinandersetzungen gar nicht gefolgt, sondern hatte sich statt dessen auf das Erscheinen des wichtigsten Anwalts, Daniel Websters, konzentriert. Ohne sich über den Fall zu äußern, schrieb Starr an einen Freund:

> Daniel Webster erschien vor uns wie der erste Schauspieler in einem Stück. Gut aussehend, kräftig gebaut, mit Schuhen der teuersten Qualität, eng anliegenden Reithosen von rötlicher Farbe, in einem blauen Tuchmantel, der ausgezeichnet zu seiner Gestalt paßte und mit blitzenden Silber- oder Messingknöpfen verziert war, mit einem zum weiten Faltenhemd passenden Rock, einem weichen Kragen, der durch ein kostbares Halstuch betont wurde, und die Haare hinten sauber zu einem Zopf gebunden. Wenn er sprach, beherrschte er den Gerichtssaal.

Richter Starr verdanken wir schließlich das bekannte Bild von Webster, als er sein Plädoyer zur Verteidigung der Existenzberechtigung Dartmouths abschloß:

> Als Webster geendet hatte, blieb er stumm vor unserem Gericht stehen. Dann sagte er mit seiner dröhnenden Stimme: »Sie können diese kleine Institution vernichten: Sie ist schwach, sie liegt in Ihrer Hand. Sie können sie auslöschen. Aber wenn Sie es tun, müssen Sie auch der Reihe nach all jene großen Leuchten der Wissenschaft auslöschen, die ihren Glanz über dieses Land gebreitet haben. Es ist, hohes Gericht, wie ich gesagt habe, ein kleines College, und dennoch gibt es Menschen, die es lieben.« Als er verstummte, standen Tränen in seinen Augen – und in den meinigen auch. Wir stimmten alle seinem Vorschlag gemäß ab, und ich glaube, das Dartmouth College wurde dadurch gerettet, aber es hätte auch ganz anders ausgehen können.

Richter Starr spielte eine ähnliche Rolle bei einem Prozeß, der als einer der bedeutendsten gilt, die je gerichtlich entschieden worden sind: »McCulloch gegen Maryland.« Aber wie viele Kommentatoren zur damaligen Zeit und seither schien er Schwierigkeiten gehabt zu haben, sich zu erinnern, wer was beanspruchte und was die Argumente bedeuteten. Alles lief auf zwei Fragen hinaus, von denen die Zukunft unserer Nation abhing: Erstens: Wird der Bundesregierung die Genehmigung versagt, ein notwendiges Amt einzurichten – in diesem Fall eine Nationalbank –, falls in der Verfassung aus Versehen eine solche Möglichkeit nicht vorgesehen ist, oder kann der Kongreß sich auf Ermächtigungen stützen, die zwar nicht ausdrücklich formuliert sein müssen, aber durch den gesunden Menschenverstand abgeleitet werden können? Zweitens, und dies ist von noch größerer Bedeutung: Kann ein Bundesstaat, in diesem Fall Maryland, einer Behörde, die von der Bundesregierung geschaffen wurde, überhöhte Gebühren aufbürden und sie auf diese Weise vernichten? Oder einfacher ausgedrückt: Welche Gesetze kontrollieren die Vereinigten Staaten – die starren Artikel einer Verfassung, die 1787 in Stein eingemeißelt wurden, oder eine lebendige, atmende Sammlung von Grundsätzen, die zwar dem Rahmenwerk der Verfassung loyal gegenüberstehen, aber in der Lage sind, sich neuen Bedürfnissen der Nation anzupassen?
Webster und ein schillernder Anwalt aus Maryland namens William Pinkney verteidigten die Regierung, aber wieder einmal entgingen Richter Starr die wesentlichen Argumente, sogar Websters unsterblich gewordener Ausruf: »Wer Steuern erheben kann, kann

auch vernichten.« Ihm entging auch der größte Teil von Pinkneys historisch gewordener, drei Tage dauernder Rede, die Richter Story, der an dem Prozeß teilnahm, »die größte Leistung, von der ich je gehört habe« nannte. Worauf sich Starr wieder einmal konzentrierte, war die äußere Eleganz:

> Ich merkte, daß Pinkney ein Korsett trug, um einen Bauch einzuschnüren, der noch größer als der meinige war. Er hatte außerdem Puder und Creme aufgelegt, um sein Gesicht zu verschönern; er trug hochhackige Schuhe, damit er größer aussah, und Anzugstoffe von täglich wechselnder Art, um die Damen auf der Galerie und die Richter auf der Bank zu blenden. Er blendete auch mich.

Starr konnte sich zu Pinkneys geistreicher Argumentation für eine starke Zentralregierung nicht äußern, weil, wie die Zeitungen berichteten »Pinkneys Argumente vom ersten Tag Richter Starr zufriedengestellt haben mußten, denn er verschlief den größten Teil des zweiten Tages und einen Teil des dritten«. Aber nachdem das Urteil nur drei Tage nach den Plädoyers verlesen war, erzählte Richter Marshall einem Freund: »Ich hätte dieses schwierige Urteil nicht schriftlich festlegen können ohne den Beistand von Richter Starr, der drei lange Tage und Nächte bei mir saß, sich um die Textseiten kümmerte, sobald ich sie fertiggeschrieben hatte, und mir Erfrischungen brachte.«
Und wie lautete nun Marshalls Antwort auf jene beiden brennenden Fragen? Daß die Regierung aufgrund einer implizierten Ermächtigung handeln könne und sich auf diese Weise neuen Bedürfnissen und Verhält-

nissen anpassen müsse. Obwohl die Verfassung kein einziges Wort über das Recht der Zentralregierung verlauten ließ, eine Nationalbank zu errichten, um die Währung zu regeln, gebiete es der gesunde Menschenverstand, wie Alexander Hamilton argumentiert habe, daß die Bundesregierung diese Ermächtigung erhalte. Und daß auf den von der Verfassung definierten, staatstragenden Bereichen die Macht der Bundesregierung über der der Teilstaaten den Vorrang haben müsse. Natürlich wäre es für Maryland einträglich, die Tätigkeit der Bundesregierung innerhalb seiner Staatsgrenzen zu besteuern, aber die Rechte der zentralen Bundesregierung mußten den Vorrang behalten. Außerdem würde jeder Bundesstaat versucht sein, Abgaben auf die aus anderen Staaten eingeführten Güter zu erheben. Die Bundesregierung hätte sich nicht mit dem Durcheinander abfinden können, das hierauf folgen würde. Als Richter Starr diese Gesichtspunkte schließlich einleuchteten, äußerte er sich begeistert in Briefen nach Hause: »Ich glaube, ich habe John Marshall geholfen, die Nation zu retten. Wir können jetzt getrost in die Zukunft blicken.«

Aber das Porträt von Richter Starr, das ich am meisten schätze, stammt aus der Feder eines Engländers, der eine Reise durch die ehemaligen Kolonien unternahm:

> Die Richter am Obersten Gerichtshof treten in Washington mehrere Male im Jahr zusammen und arbeiten während der übrigen Zeit als Bezirksrichter. Der Erste Richter Marshall ist zuständig für Virginia und North Carolina; Richter Starr für South Carolina und Georgia. Am Ende ihrer Tätigkeit an den Bezirksgerichten treffen sie

sich mit Vergnügen in Richmond, wo sie sich drei oder vier Tage lang an Wurfringspielen erfreuen. Der Erste Richter ist jetzt fast achtzig, aber so hellwach wie ein Mann von dreißig. Richter Starr ist ein Vierteljahrhundert jünger und von einer so gewaltigen Leibesfülle, daß er einen Negerjungen braucht, der sich für ihn bückt und ihm die Wurfringe reicht, runde Eisenscheiben mit großen Löchern in der Mitte.

Ihr solltet hören, wie diese hervorragenden Juristen im Wettkampf miteinander umgehen! Sie stehen am Ende der Wurfbahn nebeneinander und suchen sich dann am anderen Ende eingesessene Gentlemen als Partner, was bedeutet, daß die beiden Richter gegeneinander spielen. Ihr Geschrei kann aus der Ferne gehört werden, und es gibt laute Auseinandersetzungen darüber, wessen Wurfring dem Pfosten am nächsten gekommen ist.

Als dem Obersten Richter ein besonders guter Wurf glückte, kamen die Spieler überein, daß sein Wurf der beste sei, obwohl der Wurf von Richter Starr noch näher am Ziel lag. Obwohl Marshall sich dieser offensichtlichen Begünstigung bewußt gewesen sein muß, nahm er die Bevorzugung an, als gebühre sie ihm.

Nachdem das Spiel zu Ende war und Marshall als der Sieger gefeiert wurde, begaben sich Spieler und Zuschauer in ein Zelt, um sich an einem Barbecue gütlich zu tun, einem köstlichen Gericht aus gebratenem Schweinefleisch und Pfeffersauce, wozu Melonen und Obst gereicht wurden. Dies alles wurde mit Grog, Punsch und Porter hinuntergespült, worauf man ein ausgiebiges Dessert servierte, das Pfefferminzpastete heißt. Es fällt dem englischen Besucher schwer, sich ins Gedächtnis zu rufen, daß diese beiden unauffälligen Männer in Hemdsärmeln über die Gesetze unserer ehemaligen dreizehn Kolonien und der elf neuen Bundesstaaten wachen, die sich ihnen nun angeschlossen haben.

General Hugh Starr
1833–1921

Am Samstag bestand Nancy darauf, daß wir statt eines großen Lunchs zum Tennisclub von Georgetown fahren, um mit den Wrightsons Tennis zu spielen. Mir gefiel dieser Vorschlag, denn obwohl ich immer zu bequem bin, um solch einen Entschluß zu fassen, bin ich immer einverstanden, wenn Nancy alles arrangiert. Der Sport hilft, das Gewicht zu regulieren – und an diesem spannungsgeladenen Tag die Angst.
Sam Wrightson war rücksichtsvoll. Obwohl er der Redaktion der »Washington Post« angehört, behelligte er mich nicht mit Fragen über die Gerüchte, die über meine Rolle in der Iran-Nicaragua-Affäre im Umlauf waren. Es war ein lebhaftes Spiel, das am Ende des ersten Satzes durch das unerwartete Erscheinen Zack McMasters unterbrochen wurde, der sich bei den Wrightsons entschuldigte: »Ich hoffte, die beiden hier zu finden. Kann ich bitte einen Augenblick mit ihnen sprechen?«
»Wenn die Großmächtigen rufen, stehen wir stramm«, sagte Wrightson und ging mit seiner Frau Limonade kaufen.
»Nichts Wichtiges«, erzählte uns Zack. »Ich bin leider zu sehr eingespannt gewesen. Hat Sie vielleicht nervös gemacht. Gar nicht nötig. Überhaupt nicht nötig.« Er betonte die letzten Worte und fügte dann hinzu: »Ich treffe heute nachmittag mit einigen alten Bekannten aus der Szene zusammen ... um alles ins Lot zu bringen. Sie können also beruhigt sein.«
Es war die Art von Zuspruch, die ich brauchte, und ich habe unseren letzten Satz an jenem Tag als einen der erfreulichsten Tenniskämpfe in Erinnerung, die wir je gespielt haben. Zu Hause sagte ich dann zu Nancy, nachdem wir geduscht hatten: »Wir sollten

das häufiger machen«, und sie platzte fast vor Lachen: »Wer redet da von mehr Tennis, du fauler Kerl!« Zum Mittagessen hatten wir Vollkorntoast, würzigen Cheddar-Käse und ein großes Glas kalte Buttermilch. Anschließend sagte Nancy, sie wolle mir ein paar Fragen über einen Vorfahren stellen, der ihr bisher ziemlich gleichgültig gewesen sei, weil er als ein Schürzenjäger gelte, der aber bei mir in hohem Ansehen stehe. Ob sie wirklich mehr über den General in Erfahrung bringen wollte oder ob sie bloß versuchte, mich auf andere Gedanken zu bringen, weiß ich nicht, jedenfalls redeten wir über ihn. Auf keinem Mitglied der Familie Starr lastete die Verfassung mit schwererer Hand als auf Hugh Starr, der der Entwicklung weit vorausgeeilt war und deshalb ungeduldig warten mußte, bis die Verfassung mit ihm gleichgezogen hatte.

Es war im Sommer 1856. Hugh war an der Militärakademie in West Point als Ausbilder eingesetzt – eine elegante Erscheinung und ein Mann mit scharfem Verstand –, da wurde er sich plötzlich klar, daß die Union Gefahr lief auseinanderzubrechen. Zwei Nachrichten erreichten ihn aus zwei ganz unterschiedlichen Quellen. Die erste kam als ausführlicher Brief von seinem älteren Bruder, der zu Hause in Virginia geblieben war, um den kleinen Besitz zu bewirtschaften, den sie liebevoll die »Familienplantage« nannten. Die Brüder hatten von ihrem Vater, dem Richter am Obersten Gerichtshof, an die dreihundert Hektar Land und dreizehn Sklaven geerbt, und um den Besitz wirkungsvoll zu betreuen, hatten sie zusätzlich noch sechs Sklaven erworben. Diese neunzehn waren es nun, die ihnen Sorge bereiteten:

Hugh, ich bin erstaunt über die Nachteile, die der Süden erdulden soll, weil er an der Sklaverei festhält. Wir werden ständig von Kirchenvereinigungen und Sklavereigegnern kritisiert, obwohl wir unser Verhalten moralisch rechtfertigen können, denn wir beide wissen, daß wir unsere Sklaven anständig behandeln. Wenn wir aber auf das System verzichten, wären wir eine moralische Last los. Noch bedeutender ist die Tatsache, daß einige kluge Männer in North Virginia und solche, die die besten Plantagen und große Farmen betreiben, zu einer erstaunlichen Schlußfolgerung gelangt sind: Wenn wir die Kosten alles dessen berechnen, was wir für einen Sklaven aufwenden müssen, Kleidung, Arzneien, Essen und Unterkunft, wäre es für uns ein viel besseres Geschäft, die Sklaven freizulassen und sie gegen einen geringen Lohn wieder einzustellen. Denk darüber nach! Ich kann dieses Vorgehen nur empfehlen.

Als Hugh versuchte, eine so radikale Veränderung mit seinen Gefühlen für seinen Heimatstaat in Einklang zu bringen, klammerte er sich hartnäckig an eine einzige Idee: Die Sklaverei ist für uns die Definition des Südens. Virginia kann der Sklaverei nicht den Rücken kehren und trotzdem Virginia bleiben, aber mein Bruder hat recht. Ein Wandel ist unausweichlich. Unfähig, einen Ausweg aus dem Dilemma zu finden, konnte er keine vernünftige Antwort auf den Vorschlag seines Bruders geben, daß sich nämlich die Starrs ihrer Last entledigen sollten: Wirtschaftlich betrachtet, mochte es vernünftig sein, nicht aber im täglichen Leben. Er wollte seine Entscheidung vertagen.

Aber er mußte auch seine Einstellung gegenüber dem Norden den Verhältnissen anpassen, denn vier seiner Offizierskameraden kamen aus Vermont, Massachusetts, New York und Pennsylvanien. In nächtlichen Diskussionen entwickelten sie so vernünftige Gedanken, daß er ihnen zuhören mußte. Sie waren keine sturen Gegner der Leibeigenschaft und äußerten wenig Sympathie für solche Leute, auch legten sie keine Voreingenommenheit gegen den Süden an den Tag, und trotzdem war Starr überrascht, wie fest sie in ihrer Opposition gegen die Sklaverei blieben.
Der Offizier aus Vermont, Hauptmann Benjamin Greer, war ein drahtiger, wortkarger Bursche, etwa ein Jahr älter als Starr und Streitgesprächen abhold. Als Greer eines Abends sagte: »Falls die Differenzen zwischen den Sklavereistaaten und den freien weiter zunehmen, kann die Union sich eventuell spalten und auseinanderbrechen«, war Starr entsetzt, daß ein Offizier der Armee der Vereinigten Staaten es wagte, eine so rebellische Überlegung anzustellen. Als aber die vier Kameraden aus dem Norden in ihn drangen und wissen wollten, welche Wahl er in einem solchen Falle treffen würde, mußte er Farbe bekennen: »In meiner Familie kam Virginia stets an erster Stelle und die Union an zweiter. Deshalb würde ich mich wohl der Einstellung von Virginia anschließen.«
Greer, der sah, wie verwirrt Hugh war, beruhigte ihn: »Ich will dir nicht Angst einjagen, daß die Union zerbricht, niemals. Wenn ich mir aber anhöre, wie ihr Leute aus dem Süden redet, merke ich, daß ihr für Positionen eintretet, die zu einer Spaltung unserer Nation führen müssen.«
»Das wäre ein trauriger Tag«, sagte Hugh und schob

diese Eventualität von sich, als er aber in der Folgezeit den Offizieren aus Carolina und Alabama zuhörte, gelangte er unwillkürlich zu einer düsteren Folgerung: Ja, ich kann mir das Unglück vorstellen, wenn Virginier wie ich angestachelt würden, eine eigene Union zu bilden, in der die Traditionen des Südens bewahrt werden. Und sobald er sich dies persönlich eingestand, erkannte er, daß verantwortungsvolle Leute aus dem Norden wie Ben Greer eine ähnliche Lösung erwogen: Um zu verteidigen, woran sie glauben, kommen sie vielleicht auch zu dem Entschluß, eine eigene Union zu bilden. Er war entsetzt über diesen Kollisionskurs, der letztendlich eine Teilung bedeuten mußte.

Seine unbestimmten Überlegungen wurden unterbrochen, als ein Eilbrief kam, der von ihm verlangte, er solle zu einem Entschluß kommen, denn sein Bruder schrieb:

> Hugh, ich habe für uns die Entscheidung getroffen, und wenn du nicht mit einem sofortigen Antwortbrief Einspruch einlegst, werde ich weitermachen. Wir alle, die wir die guten Ländereien an der Flußbiegung besitzen, haben beschlossen, unsere Sklaven freizulassen, sie dann gegen Lohn wieder einzustellen und jeder Familie ein Stück unseres Landes zu überlassen, das groß genug ist, daß sie ihren Unterhalt sichern können. Dies wird uns nicht nur von den zunehmend schwieriger werdenden moralischen Problemen entlasten, sondern außerdem die Nutzung unseres Grund und Bodes wesentlich einträglicher machen ...

Der erstaunliche Brief enthielt viele zusätzliche Details, von denen die meisten nach Hughs Urteil allen zugute kamen, den weißen Sklavenhaltern und den schwarzen Sklaven. Weil Benjamin Greer sich für diese Dinge interessierte, suchte Hugh ihn auf, zeigte ihm den Brief und sagte: »Sie sollen sehen, wie wir Südstaatler auf die Probleme reagieren, die Sie diskutiert haben.« Der politische Inhalt des Briefes aus Virginia war so klar formuliert und die persönliche Integrität der betroffenen Farmer so deutlich, daß Greer seine Freunde aus dem Norden herbeirief und ihnen den Brief vorlas.

»Es ist großartig, daß Ihr Bruder so vernünftig denkt«, sagte Greer. »Ich nehme an, daß Sie in Ihrem Antwortbrief Ihre Zustimmung aussprechen werden?«

Noch am selben Abend zeigte Hugh Greer den Brief, den er geschrieben hatte:

> Du hast meine Einwilligung. Ich übergebe dir meine Rechte an den neunzehn Starr-Sklaven unter der Bedingung, daß du alle freiläßt. Aber wie auch immer die Einzelheiten ausgehandelt werden, so hoffe ich doch, du kannst dafür sorgen, daß mein persönlicher Sklave Hannibal bei mir bleibt, falls die Kosten es irgendwie erlauben.

Hughs Brief war ziemlich lang, weil er sich im folgenden mit jeder einzelnen Familie der Starr-Sklaven befaßte: »Birdsong und Nelly sind zu alt, um regelmäßig gegen Lohn zu arbeiten, und da sie nicht mehr lange leben werden... Wie alt ist Birdsong eigentlich, über neunzig? Sorg dafür, daß er und Nelly bei einer der anderen Familien ihre Mahlzeiten einnehmen können, und stell die Kosten mir in Rechnung!«

In West Point sprach man überall, und zwar durchweg zustimmend, von der ungewöhnlichen Handlungsweise des jungen Starr, der seinen Sklaven die Freiheit gab. Sogar Offiziere aus South Carolina und Georgia, eingeschworene Sklavenhalter, blieben bei seiner Unterkunft stehen, um, wenn auch reserviert, ihre Zustimmung zum Ausdruck zu bringen. Sagte ein echter Südstaatler mit einem akademischen Titel von Oxford: »Louisiana und Mississippi sind noch nicht soweit, um dasselbe tun zu können, was Sie getan haben. Vorläufig brauchen wir noch unsere Sklaven. Es ist nachgewiesen worden, daß in dem feuchtheißen Klima kein Weißer draußen in der Sonne arbeiten kann. Ohne unsere Sklaven würden wir keinen Zukker und keinen Reis bekommen. Aber dennoch bin ich überzeugt, daß wir, falls uns die Nordstaatler in Ruhe lassen, wahrscheinlich alle unsere Sklaven Anfang des nächsten Jahrhunderts freilassen werden. Dann werden wir weiterhin Zucker und Reis produzieren, und zwar mit der Hilfe der entlassenen Neger.«

Während sich die jungen Offiziere in West Point, was die Sklaverei betraf, allmählich näher kamen, wußten sie nicht, daß in Washington der Oberste Gerichtshof ebenfalls versuchte, die tragischen Irrtümer zu korrigieren, die siebzig Jahre zuvor von den Vätern der Verfassung begangen worden waren. Jetzt sollten die Richter im einzelnen festlegen, wie in den Vereinigten Staaten das Thema Sklaverei behandelt werden mußte. Es waren die spannungsreichen Wochen des Februar 1857, als die Präsidentschaft von Franklin Pierce zu Ende ging und James Buchanan die Nachfolge antreten sollte. Obwohl das Gericht längst wußte, wie sein Urteilsspruch aussah, war es den

Richtern klar, daß die Entscheidung eine Menge Zündstoff enthalten würde, und sie schoben deshalb die Verkündigung so lange hinaus, bis Buchanan in sein Amt eingeführt war.

Dies geschah an einem frostigen 4. März, und zwei Tage danach sprach der Oberste Gerichtshof eines seiner folgenschwersten Urteile: »Dred Scott gegen Sanford.« Der dem Fall zugrundeliegende Konflikt war einfach und klar: Dred Scott, zweiundsechzig Jahre alt, ein Sklave aus Missouri mit guten Manieren, war von seinem Besitzer nach Norden in ein freies Territorium mitgenommen worden. Nach längerem Aufenthalt im Norden kehrte Dred aus freien Stücken nach Missouri zurück, wo er von der Witwe seines früheren Besitzers prompt als Sklave beansprucht wurde. Es ging um die Probleme: War Dred im Sinne des Wortes ein Staatsbürger? Hatte er das Recht, vor einem Gericht als Kläger aufzutreten? Und wurde er durch die Rückkehr ins Sklavenhalterterritorium automatisch wieder zum Sklaven?

Der Erste Richter, der direkte Nachfolger des großen John Marshall und ein Jurist, der fast ebenso hochgeachtet war wie dieser, verlas das Urteil. Er hieß Roger Brooke Taney und war ein hochgewachsener, hagerer, scharfzüngiger Rechtsgelehrter aus Maryland. Der Achtzigjährige sah leidenschaftlich seine Aufgabe darin, den tapferen landwirtschaftlichen Süden gegen den gewinnsüchtigen industriellen Norden in Schutz zu nehmen. Bei seinem Feldzug wurde er von fünf anderen Mitgliedern des aus neun Köpfen bestehenden Gerichts unterstützt, die ebenfalls auf seiten der Südstaaten standen. Der siebente Richter schwankte in seiner Loyalität, während die Sympathien von Nummer acht und neun eindeutig den Nordstaatlern gehörten.

Taney benötigte den ganzen ersten Tag, um einen umfassenden Überblick über die Sklaverei in den Vereinigten Staaten zu verlesen, und als er geendet hatte, waren die Zuhörer verblüfft von seinem profunden Wissen, dem akademischen Niveau seiner Quellen und der Art und Weise, in der er rückhaltlos für den Süden eintrat. Sein Urteil war ein eisenbeschlagener Fehdehandschuh, den er dem Norden ins Gesicht warf. Seine Schlußfolgerungen waren so einleuchtend, daß das Abstimmungsergebnis sieben zu zwei zugunsten von Taney lautete.

Taneys Fazit war kühn und verblüffend: Kein Sklave könne jemals ein Staatsbürger sein. Ja, kein Schwarzer, ob Sklave oder nicht, könne jemals Staatsbürger werden. Sklaven waren ein Eigentum wie Maultiere und Planwagen, und das Recht, Eigentum zu besitzen, müsse geschützt werden. In seinem südstaatlichen Eifer, das Sklavenproblem ein für allemal zu lösen, fügte Taney noch mehrere persönliche Auffassungen an – *obiter dicta* genannt –, interessante Schlußfolgerungen, die aber nicht unbedingt aus dem vorliegenden Fall hervorgingen. Sie waren strittig. So meinte er, der Missouri-Kompromiß von 1820, der festgelegt hatte, in welchen neuen Staaten es keine Sklaven geben solle, sei verfassungswidrig. Und falls ein Sklave vorübergehend die Freiheit erhalte, wenn er in den Norden davonlief, dozierte Taney, werde er wieder zum Sklaven, sobald er in Sklaventerritorium zurückkehrt.

Diese Ansichten, die schon 1857 der allgemeinen Entwicklung der Nation völlig fremd waren, riefen Befürchtungen in den Nordstaaten hervor, aber Taney verschlimmerte seinen schrecklichen Irrtum noch dadurch, daß er eine längere Abhandlung über den Ursprung der Sklaverei anfügte, die großen Schaden anrichtete. Taney hat nie gesagt, daß er von der Richtigkeit seiner Ausführungen überzeugt sei. Er zitiere lediglich, was die Väter der Verfassung seinerzeit für richtig hielten, aber seine Ausführungen waren so brutal formuliert, daß Tausende von Nordstaatlern, die diese Grundsätze für die Auffassung des Gerichtshofes hielten, jeglichen Kompromiß mit dem Süden für unmöglich erachteten:

> Neger fallen nicht unter den Begriff »Staatsbürger« und können deshalb keines der Rechte und Privilegien eines Staatsbürgers beanspruchen... Sie gelten als eine untergeordnete und mindere Klasse von Lebewesen, die von der herrschenden Rasse unterworfen wurde, und ob emanzipiert oder nicht, sie bleiben trotzdem der Autorität dieser Rasse unterworfen. Sie besitzen keine Rechte oder Privilegien außer denjenigen, die ihnen diejenigen, die die Macht in Händen halten, eventuell zubilligen.
>
> Sie wurden schon immer als Lebewesen einer untergeordneten Stufe betrachtet. Sie galten als vollkommen ungeeignet, sich mit der weißen Rasse zu verbinden, weder im sozialen noch im politischen Bereich, und sie standen so tief, daß sie keine Rechte besaßen, die der weiße Mann hätte respektieren müssen. Deshalb konnten die Neger rechtmäßig zum Nutzen des Weißen in die Sklaverei geführt werden. Sie wurden gekauft und verkauft und behandelt wie eine ganz ge-

> wöhnliche Ware, je nachdem, ob Profit dabei herausgeschlagen werden konnte.

Ein anderer Richter fügte hinzu:

> Das Stigma des schwarzen Sklaven, seine tiefe Erniedrigung, wurde der gesamten Rasse angeheftet.

Und dann wurde klar, wie Taney seine Grundsätze rechtfertigte. Da die Väter der Verfassung 1787 solche Dinge von den Schwarzen geglaubt hatten, stand das Urteil ein für allemal fest. Schwarze konnten weder jetzt irgendeine Unterstützung im Gerichtshof erhalten noch in der Zukunft. Im Jahr 1787 hatten die Väter der Verfassung die Schwarzen als Unpersonen ohne jegliche Rechte betrachtet, und so sollte es immer bleiben.
Hugh Starr, der sich gerade über seine eigene Einstellung zur Sklaverei klargeworden war und seine Sklaven in die Freiheit entlassen hatte, war erschüttert, daß der Oberste Gerichtshof ein solches Dokument herausgeben konnte, denn es hinkte fünfzig Jahre hinter den neuesten Erkenntnissen her, und so war er nicht überrascht, als seine Offizierskameraden aus dem Norden die Auffassung des Gerichts verhöhnten. Sogar der vernünftige Benjamin Greer sagte: »Eure Richter im Süden machen es für uns Nordstaaten unmöglich, in einer Union zu bleiben, in der solche Gesetze gelten sollen.« Mehrere schmerzvolle Wochen hindurch hielt sich der junge Starr von seinen Freunden fern und bemühte sich in der Zwischenzeit, auch nur ein Fünkchen Rechtfertigung für den Gerichtsspruch gegen Dred Scott zu finden.

Er fand keines. Ebenso wie die Verfassunggebende Versammlung seines Großvaters damals nicht den Mut aufgebracht hatte, das Sklavenproblem anzupakken, gelang es auch diesem Obersten Gerichtshof nicht, Richtlinien zu erarbeiten, die Union zu retten. Als Hughs Verwunderung nachließ, suchte er seine Freunde auf, um ihre Gedankengänge zu erforschen, aber ein Schleier hatte sich zwischen Nord und Süd gelegt, und in West Point waren die persönlichen Beziehungen gespannt. Als Starr eines Abends, nachdem er vergeblich versucht hatte, mit seinen Kameraden aus den Nordstaaten zu sprechen, sagte: »Der Oberste Gerichtshof bringt die Nation durcheinander, und die Armee befriedet sie. Irgend etwas ist da verkehrt«, nahm die Verwirrung noch zu.

Der hektische Wahlkampf um die Präsidentschaft von 1860 offenbarte, wie chaotisch die Verhältnisse geworden waren. Die Animositäten, die durch das Dred-Scott-Urteil entstanden waren, hatten vier ernstzunehmende Bewerber um die Präsidentschaft zur Folge. Die jungen Offiziere aus den Nordstaaten hatten nie etwas von Breckenridge und Bell, den Vorkämpfern des Südens, gehört, während Hugh und seine Südstaatler zwar Senator Douglas kannten, jedoch wenig von dem schlaksigen früheren Kongreßabgeordneten Lincoln wußten. Beide Gruppierungen waren erstaunt, als Abraham Lincoln die Wahl auf rein regionaler Basis gewann. In der Nacht, als das Wahlergebnis bekanntgegeben wurde, sprach ein Offizier aus Georgia mit schnarrender Stimme eine Vorwarnung im Hinblick auf die kommenden Ereignisse aus: »Lincoln hat nicht eine einzige Stimme im Süden erhalten! Er ist nicht mein Präsident!«

Die in West Point gewachsene, feste Kameradschaft löste sich auf, als ein Offizier aus dem Süden nach dem anderen in aller Stille sein Offizierspatent zurückgab, weil er die Armee als ein Instrument der Nordstaaten ansah und in den Süden zurückkehrte, dem er sich verbunden fühlte. Diese Offiziere bekannten gegenüber Freunden: »Wenn es hart auf hart kommt, und ich sehe nicht, wie wir es vermeiden können, muß ich ein Mann aus South Carolina sein.« Es wäre nicht angebracht gewesen, in West Point die Frage einer Sezession, eines Abfalls, offen zu diskutieren, als aber das Datum der umstrittenen Amtseinführung Lincolns herannahte, unterhielten sich die Freunde flüsternd über dieses Thema, und Starr sah, daß die Union, um die seine Vorfahren so hingebungsvoll gekämpft hatten, im Begriffe stand, an der Trennungslinie zwischen Nord und Süd zu zerbrechen.
Dann tauchte für Hugh das eigentliche Problem auf: Was tue ich, wenn es tatsächlich zum Krieg kommt? An dem Vormittag, nach dem er zum erstenmal gewagt hatte, sich diese Frage zu stellen, verließen drei seiner Kameraden West Point, um in den Süden zurückzukehren und ihre Dienste den Milizen ihrer Bundesstaaten anzubieten. Also schränkte Hugh seine Fragestellung ein: Es blieb die Wahl zwischen der Union und Virginia – und was dann? Das Problem wurde noch schwieriger, als der Kommandeur ihn zu sich rief, um ihm eine gute Nachricht mitzuteilen: »Hauptmann Starr, hier ist Ihre Beförderung zum Major der Armee der Vereinigten Staaten. Meinen Glückwunsch!« Hugh nahm die Beförderung an, erkannte aber, daß er sich dadurch nur um so fester an die Union band.

Wieder allein in seiner Unterkunft, erinnerte er sich an den Rat, den Jared Starr 1787 seinem Sohn Simon schriftlich auf dem Sterbebett gegeben hatte. »Schafft eine starke neue Regierungsform, schützt aber die Interessen von Virginia!«

Aber was waren die Interessen von Virginia? Er war inzwischen zu der Meinung gelangt, daß die Zeit gekommen sei, in der sich Virginia mit Massachusetts, New York und Pennsylvanien als die vier mächtigsten Staaten der Union zusammenschließen und alle sentimentalen und romantischen Zugehörigkeitsgefühle zum Süden vergessen sollte: Vernünftige Leute aus Virginia wie mein Bruder erkennen, daß ihre Interessen am besten gewahrt werden, wenn sie ihren Sklaven die Freiheit geben, und zwar jetzt. Sie lehnen jede Verbindung mit dem Dred-Scott-Urteil ab. Aber Virginia ist mit eisernen Ketten an die anderen Südstaaten gebunden, und deshalb müssen wir, fürchte ich, den Leuten dort helfen, den Kampf zur Verteidigung der Sklaverei aufzunehmen. Da Greer und die anderen Nordstaatler niemals zulassen werden, daß sich die Sklaverei nach Westen ausbreitet, wird ein Krieg unausweichlich. Und was tue ich dann?

Im März 1861 ging er auf Heimaturlaub nach Virginia, wo er glückliche Tage mit seiner Frau und den Kindern, dem Sohn Malcolm und der Tochter Emily, verbrachte. Er stellte fest, daß seine Nachbarn dem bevorstehenden Bürgerkrieg mit Unbehagen entgegensahen, doch fand er niemanden, der auch nur in Erwägung zog, auf der Seite des Nordens mitzukämpfen. Sein Bruder, jetzt Herr einer blühenden Plantage, auf der befreite Sklaven effektiv arbeiteten, faßte die Meinung der Ortsansässigen wie folgt zusammen: »Es wird zum Krieg kommen, zum Krieg um den Lebensstil: Die Pflanzer aus Virginia gegen die Fabrikbesitzer des Nordens.« Sein Bruder sprach stets, als hätte Virginia allein die militärische Last zu tragen, aber Hugh, der die arrogante Art verabscheute, mit der man in Carolina und Georgia das Sklavenproblem behandelte, war der Überzeugung, daß sich Virginia mit diesen Staaten verbinden müsse.

Die Frühlingsidylle in Virginia und die Unsicherheit über den bevorstehenden Krieg schwanden, als auf der Plantage der Starrs die schockierende Nachricht eintraf: »Präsident Lincoln hat Colonel Lee den Befehl über alle Streitkräfte des Bundes angeboten, und Lee hat abgelehnt. Lee sagte, er respektiere die Union, aber mit dem Herzen sei er auf der Seite von Virginia.«

»Was heißt das?« fragte Hugh, und sein Informant meinte: »Lee wird Befehlshaber der Truppen des Südens werden.«

»Das bedeutet also Krieg?«

»Ich sehe keinen Weg, wie man ihn noch vermeiden könnte.«

An diesem Nachmittag ritt Hugh nach Richmond, wo er zum Oberstleutnant der Armee der Konföderierten ernannt wurde, und als der Krieg ausbrach, war er froh über diesen Entschluß.

Während der nächsten vier Jahre diente er als Lees rechte Hand und erlebte mit ihm die aufregenden frühen Siege und die allmählich nachfolgenden Niederlagen. Seine Loyalität gegenüber Robert E. Lee war noch stärker als Simon Starrs Treue zu Alexander Hamilton, und Lee seinerseits ließ mehrfach erkennen, wie sehr er Starrs Zuverlässigkeit schätzte; er beförderte ihn zum Oberst, dann zum Brigadegeneral.

Zwischen den Gefechten kam es zu schmerzlichen Augenblicken, als sich herausstellte, daß sich sogar Lee fragte, ob der Süden jemals gegen die gewaltige Überlegenheit des Nordens an Menschen und Material gewinnen könne, aber viel schlimmer waren jene Nächte voller Zweifel, die Hugh niemandem anvertrauen konnte: Ich frage mich, ob der Süden einen Sieg überhaupt verdient? Ich frage mich, ob wir nicht, historisch gesehen, die falsche Kraft unterstützen?
Er konnte nicht glauben, daß er und sein Bruder sich bei der Freilassung ihrer Sklaven geirrt hatten, und als sein persönlicher Diener Hannibal um die Erlaubnis bat, ihn auf einen dieser Feldzüge zu begleiten, sah er darin die Bestätigung dessen, was er in der Vergangenheit oft vermutet hatte: Dieser Hannibal ist zu allem fähig. Aber er ging nicht so weit, die Meinung der Sklavenbefreier zu akzeptieren. »Die meisten Neger sind nicht viel wert«, sagte er, »aber die guten können hervorragend sein.« Als er jedoch das Dorf, das sein Bruder für die ehemaligen Starr-Sklaven errichtet hatte, besichtigte, stellte er fest, daß dort mindestens ebensoviel Sauberkeit und Ordnung herrschten wie in den Dörfern, die von armen Weißen bewohnt wurden.
Während sich allmählich im Krieg zwischen den Bundesstaaten die sichere Niederlage des Südens schmerzlich abzuzeichnen begann, beschlichen General Starr widersprüchliche und schwer belastende Gefühle: Mein Herz blutet für General Lee. Wie er weine auch ich um Virginia. Aber ich freue mich auch, daß die Union erhalten bleiben wird. Männer aus dem Norden wie General Greer sind zu gut, als daß man auf sie verzichten könnte. Und dann ergriff ein mächtiger

Gedanke von ihm Besitz, klar wie das Trompetensignal am Morgen der Schlacht: In zwanzig Jahren wird man den Süden nicht mehr vom Norden unterscheiden können; jedenfalls nicht im Hinblick auf Dinge, die wichtig sind.

Hugh Starr stand General Lee während der entscheidenden letzten Wochen der Konföderation getreu zur Seite. So war er auch Zeuge der Kapitulation bei Appomattox. Dann richtete er seine ganze Aufmerksamkeit auf das Unglück, das Virginia heimgesucht hatte, und dies brachte unsere Familie wieder in das Zentrum der Verfassung zurück, die auf Hugh so schwer gelastet hatte, als es darum ging, zur Zeit des Dred-Scott-Urteils das Sklavenproblem zu lösen.

Im Geschwindschritt verabschiedete der siegreiche Kongreß des Nordens drei Verfassungsänderungen, die schon 1820 Gültigkeit hätten haben sollen. Der dreizehnte Zusatzartikel schaffte die Sklaverei ab, der vierzehnte gestand den Schwarzen dann die Bürgerrechte zu, während der fünfzehnte schlicht erklärte, daß keinem Bürger das Wahlrecht aufgrund seiner »Rassenzugehörigkeit, Hautfarbe oder vormaligen Sklaverei« versagt werden darf.

General Starr erlangte Berühmtheit, nicht nur, weil er als Einwohner Virginias diese Gesetzesnovellen verteidigte: »Sie waren längst fällig. Seit etwa achtzig Jahren.« Vielmehr besuchte er verschiedene Ortschaften im ganzen Süden und beruhigte dort die Bevölkerung, die der Verzweiflung nahe war. Er versicherte den Leuten, daß Kriegsgewinnler aus dem Norden bald verschwunden seien und daß die Disqualifikation, die ehemalige Führer der Konföderierten wie ihn belaste, aufgehoben werde. Das Zusammenleben mit den Schwarzen nannte er eine konstruktive Aufgabe für die nächsten zwei Dekaden.

> Ich habe keinen Zweifel daran, daß Virginia wieder zu der führenden Stellung aufsteigen wird, die es 1830 innegehabt hat. Wir haben jetzt die gesetzliche Grundlage dazu und Männer und Frauen, die ihre Fähigkeiten einbringen. Laßt uns auf diesem Wege weitergehen.«

An den Abenden traf er sich mit Veteranen, die wissen wollten, wie es gewesen sei, unter Robert E. Lee zu dienen, und nach der Schilderung des einen oder anderen Gefechts sagte er: Sie alle hätten die Chance, wieder unter ihm zu dienen. Er sei dabei, den Süden wieder aufzubauen, und sie könnten ihm dabei helfen.

Emily Starr
1858–1932

Am frühen Sonntagmorgen klingelte unser Telefon. Es war Zack: »Kann ich später vorbeikommen?«, und als er aus der Kirche ankam, nahm er ein Glas Apfelwein und erkundigte sich: »Ist alles in Ordnung? Bist du voll da?« Als ich ihm versicherte, ich hätte die Familienunterlagen durchgesehen, sagte er: »Gut. Ich bin sicher, dich da durchzukriegen. Ich glaube nicht, daß sie dir etwas anhaben können. Nicht mit diesen Kriegshelden in der Familie und deinen drei oder vier Ordensreihen auf der Uniform.« Er schloß mit einem gutgemeinten Rat: »Laß es damit für heute genug sein! Hör dir Mozart an! Entspanne dich! Morgen mußt du gut drauf sein.« Als er sich verabschieden wollte, schaltete sich Nancy mit einer Frage ein, die seit einiger Zeit an ihr genagt haben mußte, während sie in meiner Familiengeschichte blätterte.

»Sag mir, Zack! Du bist ein Jurist, der diese Dinge versteht. Warum werden Frauen in der gesamten Verfassung, die so entscheidend ist für unsere Nation, und in allen Berichten über die Debatten nicht ein einziges Mal erwähnt? Sklaven kommen vor und Maultiere, Soldaten und Richter, aber keine einzige Frau. Hielt man uns in einem neuen Land, das so viele Kinder brauchte wie möglich, für bedeutungslos?«

Zack setzte sich wieder hin, denn Nancys Frage interessierte ihn. »Na ja«, sagte er, »die Männer, die die Verfassung niederschrieben, waren von europäischen Gesetzen beeinflußt. Welche anderen Gesetze kannten sie denn?«

»Aber warum diese Gleichgültigkeit gegenüber Frauen?«

»Sie stammt hauptsächlich aus französischen Gesetzen. Ein alter Begriff namens *feme covert* – eine alte

Vorstellung in alter Schreibweise – bezeichnete die ›bedeckte Frau‹, eine verheiratete Frau also, deren einzig rechtlicher Anspruch es war, unter dem Schutze ihres Ehemannes zu stehen. Der Güte des Herzens ihres dreimalklugen, dreimalgerechten Ehemanns vertrauend, verließ sie sich darauf, daß er sich um ihren Besitz, ihr Geld und ihre Bürgerrechte kümmerte.«
»Wie großmütig von ihm«, sagte Nancy.
»Der Grundsatz der *feme covert* begegnete in seiner häßlichsten Form, wenn ein liebevoller Ehemann das Recht beanspruchte, die riesige Mitgift, die etwa eine Kaufmannstochter in die Ehe brachte, zu verwalten. Ich glaube, viele wohlhabende Ehefrauen starben dabei unter mysteriösen Umständen.«
»Hältst du etwas vom Grundsatz der *feme covert*?«
»Nein, aber die Väter der Verfassung taten es, mehr oder weniger.« Er schnalzte mit den Fingern, als ihm plötzlich eine ganz neue Idee kam: »Ich habe bis jetzt noch nicht daran gedacht, aber neulich habe ich gelesen, daß eine erstaunlich große Anzahl dieser Männer im Laufe ihres Lebens zwei Frauen hatte, und eine ganze Menge sogar drei. In jenen Tagen schlechter ärztlicher Versorgung konnte man leicht eine Frau im Kindbett verlieren. Ein Mann mußte damit rechnen, zwei oder drei Frauen zu haben. Sie waren offenbar anfälliger als die Männer. Die Männer mußten auf sie aufpassen und für sie Entscheidungen treffen.«
Wie sie es gewohnt war, stellte jetzt Nancy unvermittelt ein paar Fragen: »Du hättest anscheinend nichts dagegen, wenn die alten Zeiten wiederkehrten, oder?«
»Wenn ich einen Prozeß gegen eine brillante Anwältin verliere, dann ja.«
»Warum hast du dich von Pamela scheiden lassen?«

»Sie wollte auf eigenen Füßen stehen. Sie leitet jetzt eine Buchhandlung in Bethesda.«
»Mit anderen Worten, sie hat sich die juristischen Theorien unserer Vorfahren nicht zu eigen gemacht?«
»Mach es nicht so kompliziert! Sie verliebte sich in den Besitzer der Buchhandlung, der sich eine Stange Geld von ihr borgte. Sie wird jeden Penny davon verlieren, was ihr jeder, der einen Blick in die Bilanz des Unternehmens geworfen hat, hätte voraussagen können.«
Etwas gereizt wandte er sich an mich: »Ich hole dich morgen um acht Uhr ab.«
Ich wollte ihm für seine großzügige Hilfe danken und mich außerdem für Nancys Unverblümtheit entschuldigen und begleitete ihn deshalb zum Wagen. Draußen redete er mir gut zu, was ich, wie er wußte, nötig hatte: »Sieht alles gut aus, Norm. Bleib gelassen!«
Als ich ins Haus zurückkehrte, wurde mir klar, daß die Gelassenheit gar nicht so einfach zu bewerkstelligen war, denn Nancy verwickelte mich sofort in ein Gespräch: »Nach diesem Gerede über die Einstellung der Gründerväter zu den Frauen interessiert mich die großartige alte Dame deiner Familie mehr denn je.«
Und wir verbrachten die nächsten Stunden damit, uns über die spindeldürre Tochter des Generals Hugh Starr zu unterhalten.

Der General hatte, wie gesagt, zwei Kinder: den Sohn Malcolm, geboren zwei Jahre vor dem Dred-Scott-Urteil, und die Tochter Emily, die ein Jahr nach dem Urteil auf die Welt kam. Malcolm, der mein Urgroßvater wurde, war ein verknöcherter Typ, der nach Princeton ging und seine Ferien damit verbrachte, einen Landsitz nach dem anderen in Philadelphia, auf

Long Island und weiter nördlich abzuklappern auf der Suche nach einer reichen Erbin. Er fand keine.

Und dann begegnete ihm wie durch ein Wunder ein wohlhabendes Mädchen, das reicher war, als er je zu hoffen gewagt hatte. General Benjamin Greer von den Vermont Rifles, der sich an der Seite von General Ulysses S. Grant bei Vicksburg so hervorragend ausgezeichnet hatte, war zu einem seiner regelmäßigen Besuche nach Washington gekommen und wollte wie immer einen Abend mit seinem alten Freund aus West-Point-Tagen verbringen. Er und General Starr mußten sich glücklicherweise im Gefecht nie gegenüberstehen, aber ihre Laufbahnen ähnelten sich: die Greers als Adjutant von Grant, die Starrs an der Seite von Lee. Für genügend Gesprächsstoff war also gesorgt.

Diese Begegnung war insofern ein Ereignis, als Greer seine hübsche Nichte Anne mitbrachte, die Tochter seines älteren Bruders, eines Mannes, der nach dem Krieg nach New Hampshire umgezogen war, um eine Spinnerei aufzubauen, die inzwischen hervorragend florierte. »Die anderen Greers«, nannte sie Benjamin in der Öffentlichkeit, und privat zog er Nutzen aus ihrem geschäftlichen Erfolg. Aus Dankbarkeit half er seinen Neffen und Nichten, Seiten des amerikanischen Lebens kennenzulernen, die ihnen sonst vielleicht entgangen wären.

»Die Starrs werden dir gefallen«, hatte er Anne vor ihrer Ankunft in Washington belehrt. »Ordentliche Leute. Ein Sohn, eine Tochter und ein Vater, den General Lee ›meine getreue rechte Hand‹ nannte.«

Es war eine stürmische Liebeswerbung – den beiden Generalen schien es, als hätten sich die beiden jungen

Leute im selben Augenblick ineinander verliebt –, und es kam in Washington zu einer Heirat, die von Generalen, Senatoren und einem Kreis von Textilmillionären aus New England beehrt wurde.

Anne wirkte königlich, und Sargent hat sie noch in derselben Woche in einem weißen Kleid gemalt. Man kann sie im Museum von Philadelphia bewundern, eine Frau von unvergeßlicher Schönheit, aber auch von großer Strenge. Frauen wohlhabender Herkunft wirken oft so.

Sie war so strahlend – das ist wirklich der einzige passende Ausdruck –, daß sie die arme Emily völlig überschattete, und der Unterschied zwischen den beiden war so offensichtlich, daß der General wußte, er würde es nicht leicht haben, einen Ehemann für seine Tochter zu finden. Sie war größer, als eine Frau seiner Meinung nach sein sollte, hagerer als nötig und auf eine hölzerne Art und Weise unelegant. Ich habe sie nie selbst gesehen, aber in den Geschichtsbüchern findet man Fotos von ihr, wie sie, hochgewachsen und herrisch, den Polizisten ihr Handtäschchen vor die Nase hält und in irgendein Gefängnis abtransportiert wird.

Das geschah natürlich später. Ende der siebziger Jahre waren noch alle drei Mitglieder ihrer Familie, der General, Malcolm und Anne, damit beschäftigt, mit verschiedenen Tricks einen jungen Mann für sie an Land zu ziehen. Abgesehen von seinem Haus in Washington besaß der General fast kein Vermögen, aber Anne besaß etwas, und die Familie Starr tat nun so, als sei sie wohlhabend, was mehrere junge Männer anlockte, die Emily sonst nie angesehen, geschweige denn um sie geworben hätten. Die Kriegszeiten hatten den General

zu einem guten Menschenkenner gemacht, während Anne ihre eigenen Erfahrungen mit Mitgiftjägern hatte. Die beiden verscheuchten mehrere junge Burschen, die Emily nur Kummer bereitet hätten.
Weniger Erfolg hatten sie mit einem jungen Mann namens Nicky Poland, der sich in Amherst einen gesellschaftlichen Schliff erworben hatte, von dem Anne sagte, »er sei nur oberflächliche Tünche«. Er besaß wenig Geld, hatte einen unbestimmbaren Arbeitsplatz in New York und zwei gute Anzüge, die er laufend wechselte. Er war ein solcher Charmeur, daß er 1881, als Emily dreiundzwanzig Jahre alt war, beinahe mit ihr nach einer Ortschaft in Maryland durchgebrannt wäre, wo rasche Eheschließungen arrangiert werden konnten, ohne daß viele Fragen gestellt wurden.
Emily, die sich aus der Obhut ihres alternden Vaters lösen wollte und überzeugt war, daß der junge Nicky genügend Mittel besaß, um für ihren Unterhalt sorgen zu können, sah sich schon aus Washington in ein glückliches Leben entfliehen. Sie vertraute jedoch ihre Pläne der Schwägerin an, die nur wenige Minuten brauchte, um einen Familienrat einzuberufen, zu dem auch Nicky eingeladen wurde. In einem sonnendurchfluteten Raum wurden Tee und Kekse serviert, mit kleinen Silberlöffeln für die Marmelade, eine Delikatesse, die der junge Poland noch nicht gekostet hatte. General Starr, hochgewachsen und aufrecht, informierte Nicky mit Grabesstimme, daß die Starrs faktisch kein Geld besaßen und Emily noch weniger, und daß sie von der Großzügigkeit Anne Greer Starrs lebten.
Bevor Poland auf diese überraschende Neuigkeit reagieren konnte, hielt Anne eine kleine Ansprache, die in unserer Familie jeweils vom Vater auf den Sohn wei-

tergegeben wird: »Mr. Poland, was der General gerade gesagt hat, ist wahr. Die Wohlhabenheit in dieser Familie stammt ausschließlich von meinem Vater und mir. Emily hat keinen Penny, auch wird sie nie einen Penny haben, falls sie mit Ihnen davonläuft. Wäre es nicht besser für Sie, dieses Haus und Washington zu verlassen und diesen Umschlag mitzunehmen?«

Anne hat niemandem gesagt, was sich in dem Umschlag befand, aber wenn es Geld war, so reichte es jedenfalls aus, Nicky Poland aus dem sonnendurchfluteten Raum und aus Washington zu vertreiben.

Um Emilys Selbstachtung willen hielt es die Familie für zwingend notwendig, einen Ersatz für sie zu finden, und da die beiden männlichen Starrs kein Geschick bei dieser Aufgabe zeigten, lag die Last bei Anne, die nun einen heiratsfähigen Mann nach dem anderen in das Heim der Starrs schleppte. Doch keiner kehrte freiwillig zurück, denn mit vierundzwanzig war Emily noch weniger anziehend als zuvor.

»Wir müssen etwas mit deinen Haaren machen, Emmy«, sagte Anne. »Und du solltest dein Klavierspiel verbessern.« Bruder Malcolm war direkter: »Emmy, ein Mädchen mit geringen Schönheitsmerkmalen muß bis zu seinem fünfundzwanzigsten Geburtstag verheiratet sein. Anne hat dir bis jetzt weidlich geholfen, aber jetzt mußt du dir selber helfen!«

Und in diesem Augenblick merkten die Starrs zum erstenmal, daß sie in ihrer Emily eine junge Frau hatten, die ganz aus dem gewöhnlichen Rahmen fiel, denn sie sagte in Hörweite von Anne und dem General zu ihrem Bruder: »Ich denke mir, daß zum Leben eines Menschen mehr gehört, als die Ehefrau von jemandem zu sein, der mich nicht mag.«

Diese ungewöhnliche Änderung der Wertvorstellungen stieß zunächst auf Unverständnis, aber da das revolutionäre Thema einmal angeschnitten war, enthüllte Emily die erstaunliche Wende, die in ihrem Denken stattgefunden hatte, ausführlicher: »Bei all den großartigen Leistungen, die auf die Männer in unserer Familie zurückgehen, von der Unabhängigkeitserklärung bis zum Wiederaufbau nach Appomattox, kommt das Wort ›Frau‹ nicht ein einziges Mal vor. Frauen wurden weder 1776 für befreit erklärt, noch wurden sie ein einziges Mal während der Verfassunggebenden Versammlung erwähnt. Der dicke Richter Edmund hat nie ein Urteil verkündet, um die Frauen in Schutz zu nehmen, und der Sezessionskrieg wurde von Männern aus typisch männlichen Gründen ausgefochten.«

»Emily!« rief der General, als sei seine Ehre angegriffen worden. »Die Männer im Süden verehrten Frauen...«

»Wenn man in dieser lächerlichen Angelegenheit Frauen zu Rate gezogen hätte, wäre der Krieg 1861 zu Ende gewesen.«

So ging es weiter, und dabei wurden Wunden bloßgelegt, von denen man vorher nie gesprochen hatte. Zum Schluß sagte der General: »Emily, du redest wie eine aufgeklärte Frau aus Massachusetts, und etwas Häßlicheres hat es nie gegeben.«

Man ließ sie allein in dem dunkler werdenden Raum, und die anderen drei zogen sich in das Arbeitszimmer des Generals zurück, wo sie sich über das Thema, was mit Emily zu tun sei, unterhielten. Einmal mehr schlug Anne drakonische Maßnahmen vor: »Entweder findet sie binnen eines Jahres einen Ehemann, oder

alles ist vorbei.« Bevor jemand reagieren konnte, berichtigte sie sich: »Nein, wir werden innerhalb des Jahres einen Mann für sie finden.«
So erschien ein schüchterner, gutaussehender Mann aus Connecticut im Haus der Starrs. Philip Rawson war neunundzwanzig, ledig und ein entfernter Vetter der wohlhabenden Greers. Seine Familie war mit Geld nicht gesegnet, aber Anne hatte gegenüber Philip angedeutet, daß, falls er Emily interessant finde, auch sein Vermögen erheblich wachsen könne.
Er erwies sich als ein so liebenswerter Bursche, daß die Starrs ihn gern als Gast bei sich aufnahmen. Emily war klar, daß Anne und Malcolm viel getan hatten, um ihn zu finden; sie erblühte tatsächlich, und zwar in einem Ausmaß, daß der General vertraulich zu seinem Sohn sagte: »Ich glaube, unsere Probleme sind gelöst.«
Aber Malcolm meinte warnend: »Nur, wenn sie nicht weiter Unsinn redet wie vorher.«
Eines Abends, während Emily auf dem Klavier Philip etwas vorspielte, hielten die anderen drei Starrs im Arbeitszimmer des Generals Kriegsrat, wobei Malcolm die Frage stellte, die auch seinen Vater schon beschäftigt hatte: »Wenn dieser Rawson so annehmbar ist, wie er scheint, warum hat er nicht schon längst geheiratet?« Und Anne erklärte: »Ich habe an Freunde in Hartford geschrieben und dieselbe Frage gestellt.«
»Und was haben sie gesagt?«
»Die Rawsons sind noch ärmer, als ich gedacht habe. Sie hatten zwei Töchter, die sie verheiraten mußten, und für Philip blieb nichts übrig. Er führt als Bibliothekar ein so armseliges Leben, daß er das Gefühl hatte, er könne eigentlich kein Mädchen aus guter Familie bitten, ihn zu heiraten.« Sie hielt inne. »Ich

finde ihn ganz akzeptabel, und wir müssen hoffen, daß alles gutgeht.«
Und so geschah es. Er liebte Bücher und führte Emily in die Werke von William Dean Howells ein. Nach drei Wochen, als man glaubte, er würde abreisen, bat ihn Anne, noch zu bleiben, und sie kleidete ihre Einladung in eine Form, daß er ein Tölpel hätte sein müssen, um nicht zu merken, daß die anderen eine Verbindung zwischen ihm und Emily in Erwägung zogen. Er nahm die Einladung dankbar an, so daß Malcolm dem General am Abend melden konnte: »Ich glaube, wir haben das Problem unserer Lady Emily gelöst.«
Und sie hätten es vielleicht auch geschafft, wenn nicht in diesem Augenblick eine aufregende Frau in Washington aufgetaucht wäre. Es ware Kate Kedzie, die Witwe eines Viehzüchters aus Wyoming und die erste Frau in Amerika, die ihre Stimme bei einer allgemeinen Wahl abgegeben hatte. Sie hatte in einem Schneesturm ausgeharrt, um gemäß dem Revolutionsgesetz von 1869, das den Frauen das Wahlrecht zusprach, ihre Stimme abzugeben. Sie war klein, dynamisch und von der Sonne des Westens gebräunt, aber sie war auch geistig aufgeweckt, denn sie hatte das College von Oberlin in Ohio besucht, wo sie sich in den Fächern Musik, Körperertüchtigung und Redekunst vervollkommnet hatte. Nach ihrem Examen war sie nicht in ihre Heimat Indiana zurückgekehrt, um zu heiraten und Kinder zu bekommen. Sie ging vielmehr nach Chikago, wo sie eine Anstellung bei einem Verleger fand; sie heiratete dessen Sohn, der Yale besucht hatte. Gemeinsam zogen sie nach Wyoming, wo sie ihre Ersparnisse in einer riesigen Ranch, den Hektar für zwölf Cent, anlegten. Sie kamen dank der günstigen

Bedingungen des Grenzlandes zu Reichtum, und als sie ihn mit der Bemerkung überraschte: »Ich finde, Frauen sollten wählen dürfen«, sagte er: »Warum nicht?« Und die beiden bildeten ein Team, das eine entsprechende Gesetzgebung in Wyoming einleitete und zustande brachte.

Nachdem sie im eigenen Bundesstaat die Vorurteile überwunden hatte, ging Kate, nun als Witwe, nach Colorado, wo sie von den Bergarbeitern mit Schimpfworten abgewiesen wurde. In Kansas fand sie freundlichere Aufnahme. Bevor sie sich der Veränderung ganz bewußt geworden war, war sie zu einer Frauenrechtlerin geworden und arbeitete mit bedeutenden Führerinnen wie Susan B. Anthony und Elizabeth Cady Stanton in dem scheinbar hoffnungslosen Bemühen zusammen, die Verfassung zu ändern, damit Frauen im ganzen Lande wählen konnten.

Bei ihrer Bemühung, dieses Ziel zu erreichen, war sie nach Washington gekommen, um den zögernden Kongreß zu einer Verfassungsergänzung zu bewegen, und bei einer ihrer ersten Kundgebungen hinterließ sie einen bleibenden Eindruck auf Emily. Unter Aufbietung aller rhetorischen Tricks, die sie in Oberlin erworben hatte, schloß sie mit leiser, vibrierender Stimme:

> Wir sind die vergessenen Menschen. Wir sind die Geschmähten, die Getretenen, die Verhöhnten, weil wir machtlos sind. Aber, meine Freundinnen, ein Sturm zieht auf, und über ihm werden unsere Stimmen gehört werden. Gerechtigkeit, schreien wir! Wir verlangen Gerechtigkeit! Und ... wir werden ... sie bekommen!«

Emily trat an jenem Abend nicht vor, um mit ihr zu sprechen, auch nicht an den beiden folgenden Abenden, aber Kate Kedzie war eine kluge Frau. Sie hatte die zögernde Konvertitin schon bemerkt, deshalb ergriff sie am Ende ihrer vierten stürmischen Kundgebung Emily am Handgelenk und fragte: »Wer sind Sie, junge Frau?«
»Ich wohne hier und heiße Emily Starr.«
»Sind Sie auch meiner Überzeugung?«
»Ich glaube, ja.« Und von diesem zögernden Beginn an wurde Emily eine Frauenrechtlerin, die glaubte, sich auf einen Kampf eingelassen zu haben, der ihr ganzes Leben andauern würde. Die Verfassung mußte geändert werden, damit alle Frauen in den Genuß der politischen Rechte kamen, die Kate Kedzie bereits 1869 für Wyoming erreicht hatte.
Emilys Einführung in die Auseinandersetzung war dramatisch, denn an einem Junimorgen des Jahres 1886 verschluckte sich ihr Vater beinahe mit seinem Frühstücksei und brüllte: »Emily, was steht hier in der Zeitung?« Und da war es:

> Unter den Rednerinnen für die längst fälligen Frauenrechte war die Tochter von General Hugh Starr, die mit einer kaum hörbaren Stimme sagte: »Wir werden für das Stimmrecht auf jedem nur möglichen Wege kämpfen, bis der Kongreß den Bundesstaaten die Gelegenheit gibt, eine Verfassungsergänzung zu beschließen.« Laute Buhrufe antworteten auf diese Herausforderung, aber Miss Starr ließ sich nicht beirren.

Der General war ein respektgebietender Mann, dreiundfünfzig Jahre alt und im Besitz beachtlicher Kräfte.

Wenn am Montag ein neuer Krieg ausgebrochen wäre, wäre er am Dienstag losgeritten, deshalb war er durchaus entschlossen, den Angriff seiner Tochter auf Anstand und Sitte zu bestrafen: »Bist du in der Öffentlichkeit aufmarschiert?«
»Ja«, sagte sie mit fester Stimme.
»Und du wolltest dem Kongreß Ratschläge erteilen?«
»Ja.«
Es folgte ein Sturm von Schmähungen, die in der Verurteilung jener Frauen gipfelten, die Männer sein wollten und gar nicht wußten, was sie mit dem Wahlrecht anfangen sollten, falls sie es bekamen. »Hast du je von der großartigen Wortkette gehört, die vor gar nicht langer Zeit in Deutschland erfunden wurde? Kaiser, Kirche, Kinder, Küche. Das ist es, was die Frauen wirklich wollen. Gehorsam gegenüber dem Herrscher. Treue zur Kirche. Sorge um die Kinder. Und Aufsicht über Haus und Küche.«
Emily hatte gehofft, einer Konfrontation mit ihrem Vater aus dem Wege gehen zu können, aber sie war von den Ideen Kate Kedzies so infiziert, daß sie nicht schweigen konnte: »Ich finde, wenn unsere Regierungsform Irrtümer enthält, müssen sie korrigiert werden...«
»Irrtümer? Und wer bist du denn, um zu bestimmen, was ein Irrtum ist?«
»Wenn die Hälfte der Bevölkerung die Teilnahme an etwas abgesprochen wird...«
»Teilnahme? Ihr Frauen führt den Haushalt, die höchste Aufgabe in der Christenheit. Was wollt ihr denn sonst noch? Eine Uniform und ein Gewehr?«
Starr war so erregt, daß er einen Diener seiner Schwiegertochter entsandte, um Anne und Malcolm herbei-

zuholen, und als sie in Morgenmänteln erschienen, denn sie standen gewöhnlich erst spät auf, bildete sich ein Triumvirat: drei Leute, die für den Rest ihres Lebens in Opposition zu Emily stehen sollten: General Hugh in der Mitte, streng und abweisend; Bruder Malcolm zu seiner Linken, bleich, aber immer bereit, eine Predigt zu halten; Schwägerin Anne zur Rechten des Generals, kühl und achtunggebietend.

Der General ergriff zuerst das Wort: »Unsere Emily hat sich mit Schande beladen. Sie ist in der Öffentlichkeit aufgetreten. Sie will Frauen zu Soldaten machen.« Er redete fast fünf Minuten weiter, zog die Ambitionen seiner Tochter ins Lächerliche und sagte: »Suffragette? Gibt es überhaupt ein häßlicheres Wort? Ich würde an den Strand gehen und davonschwimmen, wenn es in meiner Heimat den Frauen gestattet würde, ihre Heimstatt zu verlassen und sich mit billiger Politik zu besudeln.«

Er sah seinen Sohn an, aber Malcolm nickte nur wie viele unentschlossene Männer mit Ehefrauen, die wohlhabender und klüger als sie sind, und wandte sich an seine Frau.

Jetzt zeigte sich ein neues Phänomen in dieser gespannten Atmosphäre des amerikanischen Lebens. Anne Greer, eine Frau mit sechs Bediensteten, wurde zu einem entschlossenen Feind alles dessen, wofür ihre Schwägerin Emily kämpfte: »Der General hat recht. Die Frau gehört in das Zentrum des Hauses, sie soll es pflegen und zu einem Zufluchtsort vor den vielfältigen Anforderungen der Welt machen...« Immer weiter redete sie über die glorreichen Verdienste der Haushaltsführung, und das trotz der Tatsache, daß sie nie eine dieser Aufgaben selbst ausgeführt hatte.

Aber ihr erster Ausbruch war so wirkungsvoll und so einfallsreich, daß Emily dachte: Sie ist gefährlicher als die Männer. Und ohne auf das Verschwinden von Emily zu warten, sagte Anne: »Wir müssen jetzt Philip Rawson herholen, und du heiratest ihn, Emily, denn er ist deine letzte Chance.«
Philip, der telegrafisch herbeigerufen wurde, kam mit dem ersten Zug, und seine Werbung war der Sitte gemäß und eindrucksvoll. Es war zu erkennen, daß er Emily gern hatte und nicht mit der Aussicht auf endlose Jahre in einer Bibliothek von Connecticut sympathisierte. Umgekehrt erkannte Emily, welch netter junger Mann Philip war und daß sie mit dem von Anne zugesagten Einkommen ein vernünftiges Leben miteinander führen konnten. Malcolm, der die seltsame Werbung überwachte, berichtete seinen Mitverschworenen: »Ich glaube, die Sache ist geregelt. Wir können wirklich dankbar sein.«
Aber gerade da kam Kate Kedzie wieder in die Stadt gestürzt zu ihrer nächsten lautstarken Auseinandersetzung mit Kongreßabgeordneten, und als Emily sie unklugerweise zum Tee in ihr Haus einlud, begegneten die anderen vier Starrs, zu denen jetzt auch Philip Rawson gerechnet wurde, jenem neuen Frauentyp, den sie bisher nicht kannten. Es war kein angenehmer Nachmittag, besonders nicht, als Kate zu den drei Männern in der Hoffnung, deren Unterstützung zu gewinnen, sagte: »Eigentlich war es mein Ehemann, der die Bewegung in Wyoming in Gang setzte.«
»Ich würde meinen«, sagte der General mit scharfer Stimme, »daß Männer, die in ihrer Gemeinde irgendeine Bedeutung haben, sich zusammenschließen, um dieser Torheit entgegenzutreten.«

Darauf erwiderte Kate lächelnd: »Aber liegt die eigentliche Torheit bei den Männern nicht darin, davon auszugehen, daß sie fünfzig Prozent unserer Bevölkerung in Leibeigenschaft halten können?«
Hier schaltete sich Malcolm mit einem schönen Trugschluß ein, über den Nancy und ich uns immer amüsieren, wenn wir von ihm lesen: »Die Sklaverei war die eigentliche Leibeigenschaft, und mein Vater gab seinen Sklaven, noch bevor der Krieg anfing, die Freiheit.« Von diesem Augenblick an wurde es an diesem Nachmittag ungemütlich, denn nun gab Anne ihre aufschlußreichen Kommentare ab: »Sie müssen sich darüber im klaren sein, Mrs. Kedzie, daß die gebildeten Frauen sich Ihren Absichten widersetzen werden, und dies mit Nachdruck.«
»Das haben sie immer getan«, sagte Kate eisig, und der Krieg zwischen den beiden war erklärt.
Kate gewann das erste Gefecht, denn als die Teestunde zu Ende war, verließ Emily ihre Familie und begleitete die Frauenrechtlerin aus Wyoming zu einer öffentlichen Veranstaltung, wo sie nicht nur eine eindrucksvolle Ansprache hielt, sondern sich auch mit der Polizei einließ und ins Gefängnis wanderte.
Nachdem Malcolm von Anne das Geld erhalten hatte, um die Kaution für Emily zu bezahlen, nahm der General die Tochter in sein Arbeitszimmer mit und sagte streng: »Meine junge Dame, dies hört jetzt auf!«
Emily, die es sich mit ihm nicht verderben wollte, fragte in bittendem Ton: »Vater, warum warst du so großzügig bei der Verteidigung der Rechte schwarzer Sklaven? Ich bin deswegen immer stolz auf dich gewesen. Aber jetzt kommt die nächste Reform, und du stellst dich eindeutig gegen uns.«

Er sah darin nichts Ungewöhnliches. »Schwarze wie Hannibal kannten ihren Platz, und ich war stolz, ihnen helfen zu können. Jeder hat den ihm gebührenden Platz, und Frauen sollten nicht auf der Straße Reden halten oder den Senatoren der Vereinigten Staaten Vorschriften machen wollen.«
Dies alles ging ihm so nahe, daß er einen Familienrat einberief, auf dem er den Gesetzestext über Hausfriedensbruch verlas, wobei Anne die entscheidenden Worte äußerte: »Emily, wenn du dich jemals wieder so beschämend benehmen solltest, werden dein Vater und dein Bruder nicht wollen, daß du in diesem Hause bleibst. Es ist zu peinlich.« Dann wandte sie sich an den Bibliothekar Rawson, der vorher davon in Kenntnis gesetzt worden war, daß die in Aussicht gestellte Mitgift nicht fällig werden würde, falls Emily auf ihrer beschämenden Einstellung beharrte. In der Erkenntnis, daß ohne eine solche Mitgift eine Heirat unmöglich sein würde, sagte er vor allen anderen zu Emily: »Kein Mann kann sich seine Selbstachtung bewahren, wenn seine Ehefrau in der Öffentlichkeit auftritt. Echte Frauen wollen kein Wahlrecht. Sie wollen die Geborgenheit eines guten Heims ... in dem sie das Kommando führen.«
Emily fühlte sich schwindelig, sie fürchtete, es könne ihr übel werden. Die gegen sie aufmarschierten Kräfte schienen zu mächtig. Ihr Vater war erbarmungslos; Anne war zu schlau; und Philip, den sie für ihren künftigen Verbündeten zu halten begonnen hatte, war zum Verräter geworden. Ohne auf die anderen zu achten, trat sie vor ihn hin und sagte: »In unserer Nation gibt es von alters her ein großes Unrecht, und ich muß versuchen, es zu korrigieren. Tut mir leid,

Philip«, und die drohende Übelkeit ging vorbei, als sie ihre Familie und den in Aussicht genommenen Ehemann verließ.

Nancy und ich haben ein Notizbuch, das jemand in unserer Familie zusammengestellt hat. Es zeigt in schlechten Bildern Emily Starrs turbulente Jahre um die Jahrhundertwende, und oft hat Nancy Tränen in den Augen, wenn wir diese Prozession entschlossener Frauen in ihren langen schwarzen Röcken sehen, die attackiert, verhöhnt und sogar bespuckt wurden. Nancy meint: »Ich hätte nicht den Mut gehabt«, und ich gestehe ihr aufrichtig: »Ich hätte vielleicht genauso wie Malcolm oder Rawson reagiert. Auf so etwas wäre ich nicht vorbereitet gewesen.«
In dem Notizbuch gibt es einen Zeitungsausschnitt, aus dem die Opposition deutlich wird, der meine Großtante gegenüberstand:

> Wer tritt diesen Amazonen entgegen? Ehrliche Politiker lehnen sie ab, weil sie nicht ahnen können, wie Frauen wählen werden, unaufrichtige Politiker deshalb, weil sie fürchten, Frauen könnten Reformbewegungen unterstützen. Die Bierbrauer spenden große Geldsummen, damit ihre Kneipen nicht geschlossen werden, und der Süden ist einheitlich dagegen, weil er nicht weiß, was schwarze Frauen tun werden, falls sie je das Wahlrecht bekommen sollten. Die protestantische Kirche, die wie Paulus gegen die Frauen wettert, kämpft verbissen gegen die Frauenrechtlerinnen, und vor kurzem hat Kardinal Gibbons seine Katholiken gegen sie ins Feld geführt. Aber

> ihr gefährlichster Feind sind wohlhabende Frauen wie Anne Starr, die beteuert, daß echte Frauen diese sogenannten Rechte weder wollen noch brauchen.

Als ich meiner Frau diese eindrucksvolle Liste von Feinden zeigte, schob sie das Notizbuch von sich, schaute ungläubig auf und fragte: »Norman, wie hat sie den Mut aufgebracht, gegen eine solche Ansammlung von Feinden anzukämpfen?«
Ich dachte an meine Mutter, die zu ihrer Zeit ihren eigenen Kampf für eine gute Sache ausgefochten hat: »Die Starrs waren überzeugt, daß ihre Familie an der Verfassung direkt beteiligt ist. Emily sah in dem Dokument ein nationales Vermächtnis, das sie schützen mußte. Sie sagte einmal: ›Wenn Jared und Simon ihr Leben zur Verteidigung der Freiheit hergegeben haben, ist das mindeste, was wir in unserer Generation tun können, ihre Arbeit fortzusetzen.‹ Ihr Kampf war ganz natürlich...

Jemand, der den Frauenrechtlerinnen nicht gewogen war, hatte den Gedanken, die beiden Starr-Frauen zu einer Diskussion einzuladen, zuerst in Washington, dann in den anderen größeren Städten. Zuerst überspielte dabei Anne, die stets liebenswürdig und herablassend blieb, die wenig eindrucksvolle Emily, deren Stimme im Laufe des Abends dazu neigte, heiser zu werden. Anne hatte einen Trick, der die Zuhörer entzückte und sie auf ihre Seite zog:

> Ich habe hier in der Hand die Durchschrift einer noblen Ansprache, die im Senat von einem unserer größten politischen Führer, von George Vest

> aus Missouri, gehalten worden ist: »Ich meinerseits möchte, wenn ich nach Hause gehe, wenn ich mich von der Arena abwende, in der ein Mann mit dem anderen Mann um das kämpft, was wir das Erstrebenswerte in dieser Welt nennen, dann möchte ich heimkehren, und zwar nicht zu irgendeiner Politikerin, sondern zu dem ehrlichen, liebevollen Blick und der Umarmung einer wirklichen Frau. Ich will heimkehren zur Ehefrau und Mutter; und statt über Finanzen oder Steuern oder über die Verfassung zu reden, will ich jene gesegneten, liebevollen Einzelheiten des häuslichen Lebens und der häuslichen Liebe genießen.«

Jedesmal, wenn Anne diesen Text verlas, hoch aufgerichtet dastand und genau so aussah wie die Art von Ehefrau, die der Senator schilderte, brach ein großer Teil der Zuhörerschaft in Beifall aus, und Emily hatte manchmal Schwierigkeiten, sich bei den Anwesenden Gehör zu verschaffen.
Aber Kate Kedzie, der kämpferischen Natur, kam eines Abends, als sie unter den Zuhörern saß und hörte, wie Emily von Anne überrannt wurde, plötzlich ein Gedanke. Sie verbrachte den nächsten Vormittag in der öffentlichen Bibliothek von Boston, und noch am selben Abend begann die Wiedergeburt von Emily Starr und ihrem Kreuzzug, denn als Anne begann, die Ansprache Senator Vests über die richtige Rolle der Frauen zu verlesen, beugte sich Emily vor, zog die allgemeine Aufmerksamkeit auf sich und nickte herzlich, während sich die acht Minuten dauernde Ansprache ihrem Ende näherte, dem Fazit nämlich, daß

Frauen nichts weiter wünschten als das, was ihnen die Männer großmütig zugestanden.
Als Anne unter dem üblichen Beifall geendet hatte, ging Emily zu ihr hinüber und schüttelte ihr die Hand, als gebe sie sich geschlagen. Dann trat sie mit kräftigen Schritten zum Podium und sagte zu den Zuhörern: »Genauso wie Sie war auch ich verzaubert von Senator Vests wohltönendem Ratschlag, wie sich Frauen verhalten sollen. Er sagt, er wolle nicht, daß wir uns Sorgen über die Verfassung machen. Aber Sie wissen inzwischen, daß ich mir über die Verfassung große Sorgen mache, und ich frage mich, wer am besten beurteilen kann, was Frauen von der Verfassung erwarten, Senator Vest oder ich.«
Dann ahmte sie die Art und Weise nach, in der Anne die Ansprache von Vest über die Frauen wiedergegeben hatte, entfaltete ein Papier und las einen Absatz aus einer anderen berühmten Rede desselben Senators vor:

> Der einzige absolut selbstlose Freund, den der Mensch in dieser selbstsüchtigen Welt haben kann, der ihn nie im Stich läßt, der sich nie als undankbar oder verräterisch erweist, ist sein Hund. Der Hund eines Menschen steht ihm bei, im Wohlsein und in der Armut, in Gesundheit und Krankheit. Er bewacht den Schlaf seines Herrn, als wäre dieser ein Fürst. Wenn alle anderen Freunde ihn verlassen, bleibt er bei ihm.

Und so weiter und so weiter. Während sie Vests leidenschaftliches Plädoyer für die Hunde verlas, mußten die Zuhörer erkennen, daß er so ziemlich dasselbe über die Frauen gesagt hatte. Hier und da begannen die Leute zu kichern, dann brach allgemeines Gelächter aus, denn die beiden Ansprachen klangen identisch. Emily landete einen entscheidenden Schlag: »Senator Vest scheint nicht genau zu wissen, ob er eine Frau oder einen jungen Hund haben will. Ich aber will Frauen, die ein Interesse an ihrer Verfassung haben und die sie ergänzen wollen, damit allen Gerechtigkeit widerfährt.« Jetzt applaudierte dasselbe Publikum, das Vests erste Rede über die Frauen bejubelt hatte, Emilys geschicktem Einsatz seiner zweiten Ansprache über seine Zuneigung zu Hunden.

Unklugerweise versuchte Anne, die Vestsche Rede über die Frauen auch in Boston und Hartford zu verlesen. Als ihr aber Emily mit Vests Äußerungen über die Hunde unter allgemeinem Gelächter den Boden entzog, nahm sie davon Abstand. Aber Kate Kedzie wollte sie nicht so leicht davonkommen lassen, und in Pittsburgh, als Anne die Ansprache von Vest ausließ, sagte Emily ungerührt:

> Vor zwei Wochen erregte meine Gegnerin großes Gelächter, als sie die Ansprache eines Senators verlas, in der das, was wir Frauen wollen, ins Lächerliche gezogen wurde. Nachdem ich aber auf eine andere Ansprache desselben Mannes stieß, aus der hervorging, wie kindisch und wie inhaltslos seine Worte sind, hörte sie mit ihren Ausführungen auf. Da Sie darüber in den Zeitungen gelesen haben, möchte ich Ihnen beide Ansprachen vorlesen, die ihrige und die meinige, und Sie werden sehen, daß unsere Kontrahenten nicht zwischen Frauen und Hunden unterscheiden können.

Sie las mit so abgrundtiefem Haß in der Stimme vor und enthüllte dabei Anne Starr als verwöhnte Frau mit merkwürdigen Überzeugungen, daß die Feindschaft zwischen den beiden tödlich wurde. Nie wieder wollte Anne zulassen, daß sich ihre Schwägerin im selben Haus oder demselben Raum aufhielt. Dies bedeutete, daß Emily jetzt von ihrer Familie völlig getrennt war, aber wann immer sie ins Gefängnis wanderte, sprachen die Zeitungen von ihr als der Tochter des Generals Hugh Starr, der rechten Hand von General Lee.

Anfang 1918 sah es so aus, als würden Kate und ihre unbezwinglichen Frauen in Washington einen Sieg erringen. Doch Frauen wie Emily Starr unterschätzten das Gift, mit dem führende amerikanische Politiker gegen sie zu Felde zogen. William Borah aus Idaho fuhr schwere Geschütze auf, ebenso William Bankhead aus Alabama, James Wadsworth aus New York, Henry Cabot Lodge aus Massachusetts und Pitchfork Ben Tillman aus South Carolina. Im beruhigenden Bewußtsein ihrer Überzahl ließen diese unversöhnlichen Gegner des Frauenwahlrechts Anfang Februar 1919 widerstrebend eine Abstimmung im Senat zu, und die Frauen verloren mit nur einer Stimme.

Emily, jetzt einundsechzig, war durch die Niederlage so mutlos geworden und so empört über die Opposition der Kirchen, die ihren Kreuzzug verharmlosen wollten, daß sie sich in einen pathetischen Irrtum hineinziehen ließ, der ihr die Freunde entfremdete und die künftige Durchschlagskraft ihrer Bewegung lähmte. Als ein führender Kirchenmann begeistert ausrief: »Die Ablehnung des Frauenwahlrechts durch den Senat beweist, daß die gläubige Bevölkerung der Vereinigten Staaten immer noch an den christlichen Prinzipien unserer Verfassung festhält«, setzte sie sich empört hin und studierte die Aufzeichnungen ihres Urgroßvaters Simon Starr und das Tagebuch von James Madison. Zufrieden mit dem, was sie in diesen Unterlagen als Wahrheit fand, veröffentlichte sie ein Flugblatt, dessen erste Sätze viele Frauen zusammenzucken ließen:

> Es ist Zeit für uns zu erkennen, daß die Religion mit unserer Verfassung praktisch nichts zu tun hat. Pragmatische Menschen haben den Verfassungstext geschrieben; und da sie den gleichen Schwächen unterworfen waren, unter denen Sie und ich leiden, sollten Irrtümer oder Auslassungen, falls sie begangen wurden, berichtigt werden.

Der allgemeine Aufschrei war enorm, aber diejenigen, die das Flugblatt nicht sofort als atheistisch ablehnten, erfuhren etwas über die Geschichte ihres Landes:

> Es ist nicht rechtens, daß Pfarrer Waterson die Väter der Verfassung so darstellt, als hätten sie um göttliche Fügung gebetet und Gottes Erleuchtung gesucht, bevor sie unsere Verfassung niederschrieben. Gewiß, die Delegierten waren gläubige Männer, und die meisten gingen an den Wochenenden in die Kirche, aber sobald sie sich zu den Besprechungen versammelten, ließen sie keine religiösen Gesichtspunkte in ihren Beratungen aufkommen. Da drei der Delegierten für ein geistliches Amt ausgebildet worden waren, mußten religiöse Wertvorstellungen berücksichtigt werden, aber sehen Sie sich doch an, was aus

diesen künftigen Geistlichen geworden ist! Hugh Williamson aus North Carolina wurde Geistlicher der Presbyterianischen Kirche, aber er ging schon bald seine eigenen Wege und wurde Naturwissenschaftler. Abraham Baldwin aus Georgia wurde nach seinem Abschlußexamen in Yale gebeten, als Pfarrer dort zu bleiben, und erhielt später das Angebot, Professor der Theologie zu werden. Er aber entschied sich statt dessen, Anwalt und Politiker zu werden. Und der große James Madison studierte Theologie in Princeton, stellte fest, daß er dazu nicht berufen war, und wandte sich ebenfalls der Politik zu.

Keiner dieser drei Männer sprach vor der Verfassunggebenden Versammlung über religiöse Dinge. Am Ende eines langen Tages voller hitziger Debatten schlug jedoch Dr. Franklin vor, daß sich die Spannungen mildern könnten, falls jede Sitzung mit einem Gebet begonnen würde. Sein Vorschlag stieß auf wenig Gegenliebe und wurde nicht einmal zur Abstimmung gebracht, aber aus Madisons Aufzeichnungen geht hervor, daß man im Gremium ausgiebig darüber debattierte, bevor der Vorschlag zu den Akten gelegt wurde. Merkwürdigerweise brachte der Geistliche Williamson die Anregung vom Tisch, als er die nüchterne Bemerkung machte, daß man die Angelegenheit fallenlassen solle, weil die Versammlung keine Geldmittel habe, um einen Geistlichen zu bezahlen.

Die aufmerksame Lektüre der Dokumente, die damals im Umlauf waren, beweist, daß die Delegierten, obwohl sie im allgemeinen religiös eingestellt waren, über die religiöse Intoleranz entsetzt waren, über die sie in den Geschichtsbüchern gelesen oder die sie in den ehemaligen Kolonien beobachtet hatten. Sie widersetzten sich jedem Versuch, in die Verfassung irgendeine Bestätigung der Menschenrechte oder religiöser Freiheiten hineinzuschreiben, so daß zum Schluß die einzige Bezugnahme auf die Religion jene kurze, deutliche Warnung war, mit der Artikel sechs des Gesetzestextes schließt: »Jedoch darf niemals ein religiöses Bekenntnis zur Voraussetzung für den Antritt eines Amtes ... gemacht werden.«

Aber in ihrer Nüchternheit unterschätzten die Delegierten die im Grunde religiöse Natur des amerikanischen Volkes. Die Familien gingen in die Kirche. Ihre Kinder wurden getauft. Die Geistlichen wurden respektiert. Das öffentliche Gebet war allgemein üblich, und die ererbten ethischen Grundsätze wurden befolgt. Die jungen Vereinigten Staaten waren jedoch keine christliche Nation, und die Väter der Verfassung haben sie auch nicht als solche definiert, aber sie waren eine Nation, die den jüdisch-christlichen Grundsätzen folgte. Als ein öffentlicher Meinungsstreit eine Gesetzgebung über die Menschenrechte verlangte, gab der Kongreß deshalb nach, und wenn er es nicht getan hätte, wäre die Verfassung wahrscheinlich abgelehnt worden.

Doch ist sogar im berühmten ersten Zusatzartikel der Satz bezüglich der Religion negativ: »Der Kongreß darf kein Gesetz erlassen, das die Einführung einer Staatsreligion zum Gegenstand hat.« Erst anschließend kommt die positive Aussage: und das »die freie Religionsausübung verbietet«. Die Väter der Verfassung waren praktische Männer, denen die Religion wegen des moralischen Gleichgewichts in der Gesellschaft wichtig war. Aber die Regierungsgrundlagen, die sie entwarfen, waren eher pragmatisch als religiös, und sie funktionierten. Jetzt wollen wir Frauen wie unsere Vorväter als Pragmatiker sicherstellen, daß sie weiterhin funktionieren.

Als sie von allen Seiten geschmäht und als Atheistin beschimpft wurde, schlug Emily mit einem zweiten Flugblatt zurück, das noch mehr Zündstoff enthielt als das erste, denn jetzt argumentierte sie, daß bekanntermaßen jede Religion frauenfeindlich sei. Sie erwähnte heidnische Riten, bei denen Frauen den Göttern geopfert wurden; die jüdische Religion, die alle Frauen böswillig isolierte; die Katholiken, die den Frauen jede ernstzunehmende Rolle in der Verwaltung ihrer Kirchen vorenthielten; die puritanischen Religionen Neuenglands, die nicht protestierten, als ältere Frauen als Hexen verbrannt wurden; und sie schloß mit einem Angriff auf die Mormonen, die die Frauen erniedrigten, und auf die Quäker, die in den Versammlungshäusern von Philadelphia die Frauen von den Männern absonderten. Sie beendete ihre Streitschrift mit einer Bitte und einer Drohung:

> Bitte, befreit euren Glauben von antiken Vorstellungen, die den Frauen die volle Partnerschaft absprechen, denn die Frauen von Amerika werden nicht länger vor dem Bannstrahl eines Apostels Paulus in die Knie gehen.

Als einer Ausgestoßenen wurde ihr nahegelegt, am 4. Juni 1919, als die Schlußabstimmung stattfand, dem Senat fernzubleiben; deshalb erlebte sie den rauschenden Beifall nicht, als die Frauen schließlich den Sieg davontrugen. Nach einem Jahrhundert ständigen Kampfes hatte der Kongreß ein Gesetz verabschiedet, das zwar das Frauenwahlrecht nicht ausdrücklich einführte, aber die einzelnen Bundesstaaten aufforderte, einen einfachen, aus einem Satz bestehenden Zusatzartikel zu ratifizieren oder abzulehnen, nach dem das Wahlrecht der Bürger aufgrund der Geschlechtszugehörigkeit weder versagt noch beschränkt werden sollte.

An jenem Abend fanden Feiern statt, zu denen Emily nicht eingeladen wurde, aber am nächsten Morgen ging sie zu Kate, um sie zu warnen: »Jetzt beginnt der eigentliche Kampf. Wir müssen drei Viertel der Bundesstaaten dazu bringen, diesen neunzehnten Zusatzartikel zu ratifizieren, das heißt sechsunddreißig. Und der Gegner wird uns mit größerer Entschlossenheit als je zuvor Widerstand leisten.«

Sie hatte recht. Die Auseinandersetzung war rücksichtslos, und viele der großzügigsten und rücksichtsvollsten Männer Amerikas schmähten die Frauen, dic sich mit dem Stimmrecht selbst verunglimpfen wollten. Emilys Freundinnen in der Frauenbewegung sagten ihr rundheraus: »Halte dich im Hintergrund! Mit dem Ruf, Atheistin zu sein, schadest du uns mehr, als daß du uns hilfst.« In den folgenden Monaten benutzte sie deshalb Hinterwege, ging öffentlichen Veranstaltungen und Journalisten aus dem Weg und traf sich in aller Stille mit alten Freundinnen, die ihren Zuspruch brauchten: »Macht weiter! Wir müssen sechsunddreißig Bundesstaaten haben, aber vorläufig sind es nur dreiunddreißig.«

Schließlich kam alles auf Tennessee an, wo in einem kleinen Bergdorf ein vierundzwanzig Jahre altes Mitglied des Parlaments, ein gewisser Harry Burn, unter starkem Druck stand. Seine Mutter predigte: »Gib deine Stimme den Frauen, Sohn! Es ist das einzig Vernünftige.« Aber die Geistlichkeit, die Geschäftswelt und die Sprecher der Brauereien hämmerten ihm ein: »Bedeck dich nicht mit Schande wegen einer Stimme für diese Amazonen!« Emily, die sich genau ausgerechnet hatte, daß der Wahlausgang von Burn abhängen könnte, erschien unerkannt in seinem Haus, um mit Mutter und Sohn zu sprechen. Bei ihm erreichte sie nichts: »Alle sagen mir, es ist nicht richtig, wenn sich Frauen in die Politik einmischen.« Aber bei Mrs. Burn fand sie Gehör, und bis tief in die Nacht redeten die beiden Frauen miteinander. Am nächsten Morgen, als sich Harry auf den Weg in die Hauptstadt machte, sagte seine Mutter zu ihm: »Vergiß nicht, ein braver Junge zu sein! Stimm für das Frauenwahlrecht, und laß keinen darüber im Zweifel!«

Als Emily am Abend der Schlußabstimmung in der Hauptstadt ankam, war sie entsetzt. Sie sah, daß die Opposition so viel Gratisschnaps herbeigeschafft hatte, daß alle Abgeordneten total betrunken waren und keine Abstimmung stattfinden konnte. In dieser Nacht schlief sie in einer Pension, in der sie niemand kannte, und die Stunden wollten kein Ende nehmen: O nein, nicht wieder von vorn anfangen müssen! Noch einmal den Kampf durch das Unterhaus führen? Noch einmal durch den Senat? Dazu hätte ich nicht die Kraft.

Am nächsten Tag ratifizierte der wieder nüchtern gewordene Senat von Tennessee die Verfassungsnovelle, und jetzt konzentrierte sich alles auf das Abgeordnetenhaus, in dem die Lobbyisten der Brauereien ihrer Meinung nach über genügend Stimmen verfügten, um die Frauen ein letztes Mal zu schlagen: »Harry Burn steht auf unserer Seite. Eddie hat sich seiner angenommen.«

Als Emily in den Saal trat, in dem sich die Abgeordneten versammeln wollten, wurde sie von einer Frauenrechtlerin erkannt; diese flüsterte ihr zu: »Wir vermuten, es wird achtundvierzig zu achtundvierzig ausgehen. Wir haben verloren.«

»Und wie steht es mit Harry Burn?«

Die Frau warf einen Blick auf ihre Liste und sagte: »Er lief zur anderen Seite über. Verdammt.«

Bei der atemlos durchgeführten Abfragung der Wählerstimmen gab es zwei Überraschungen. Die Frauen büßten eine Stimme ein, gewannen aber zwei hinzu, und falls nun Harry Burn für sie stimmte, würden sie gewinnen. Wenn nicht, käme es zu dem vorhergesagten Unentschieden.

Alle Blicke waren auf den jungen Mann gerichtet, den beide Seiten unter Druck gesetzt hatten. Als der Saaldiener Burns Stimme abrief, antwortete dieser im Flüsterton »ja«, und es war, als wäre die gesamte Hauptstadt unmittelbar darauf in Fluchen und Jubel ausgebrochen. Die Verfassung der Vereinigten Staaten war bei Einhaltung der entsprechenden Verfahrensregeln, die einhundertdreiunddreißig Jahre zuvor niedergelegt worden waren, ergänzt worden.

An jenem Abend stand Emily Starr, von ihrer Familie, ihren Freunden und sogar ihrer eigenen Anhänger-

schaft abgelehnt, im kleinsten Fremdenzimmer der Pension in Tennessee. Sie trug noch immer ihr langes schwarzes Gewand und den altmodischen Hut. Nun überfiel sie jenes schmerzliche Gefühl der Vereinsamung, das gute Menschen übermannt, wenn sie einen bedeutenden Sieg errungen haben. Sie empfand keinen Triumph. Unwillkürlich rief sie aus: »Ach, Philip! Es wäre auch anders gegangen.«
Dann richtete sie sich auf, wandte die Augen von dem kleinen Spiegel ab und sagte: »Es war unrecht, und es mußte berichtigt werden.«

Richard Starr
1890–1954

Da mein Großvater starb, als ich erst drei Jahre alt war, kann ich eigentlich nicht behaupten, ihn gekannt zu haben, aber ich erinnere mich deutlich, daß er öfter zu uns kam und mich dann auf seinen Knien reiten ließ. Auch er war groß und hager und, außer mir gegenüber, ausgesprochen launisch, und er roch nach Tabak. Ganz lebhaft erinnere ich mich an sein Begräbnis. Es war ein kalter, nebliger Tag, und jemand sagte: »Der Tag ist so unfreundlich wie der Mann.«

Er war nicht immer so gewesen, und einige Geschichten über ihn, die bei uns zu Hause immer wieder erzählt wurden, ließen einen liebenswürdigen jungen Mann erkennen. Aber finanzielle Rückschläge während der Großen Depression hatten ihn verbittert, und sein mürrisches Verhalten in den späteren Jahren kennzeichnete die übrigen Geschichten.

In den ersten Jahren seiner Ehe war er wohlhabend, vielleicht sogar reich gewesen, hatte er doch von seiner Mutter, die der Greer-Familie aus New Hampshire entstammte, allerhand geerbt. Deshalb hatte er nie richtig zu arbeiten brauchen. Er beschäftigte sich, wie man es damals nannte, mit Beteiligungen, und da er weder besonders klug noch besonders erfahren im Umgang mit Geld war, erwiesen sich seine Unternehmungen als ziemlich kümmerlich, und der Bankenkrach im Jahre 1929 gab ihm den Rest.

Zum damaligen Zeitpunkt entwickelte er die große Leidenschaft seines Lebens, aufgrund deren er als »der Mann, der Roosevelt haßte« bekannt wurde. Als ich ein Knabe war, waren die Anfangsbuchstaben F.D.R. in unserem Haus verpönt, denn mein Großvater hatte gesagt, daß Roosevelt versucht habe, Amerika zu einem kommunistischen Land zu machen.

»Es begann mit diesen idiotischen Zusatzartikeln zur Verfassung«, ereiferte er sich. »Warum machen wir uns an der Verfassung zu schaffen? Wie sagt man doch: ›Warum etwas reparieren, was gar nicht kaputt ist?‹«

Er schimpfte über den siebzehnten Zusatzartikel, dem zufolge die Senatoren von der Bevölkerung gewählt werden sollen, in seinen Augen ein tragischer Fehler: »Früher hatten wir in den gesetzgebenden Versammlungen gebildete Männer, die vermögend waren, und man konnte sich darauf verlassen, daß sie Männer ihresgleichen in den Senat beriefen.« Er war überzeugt, daß, wenn die Öffentlichkeit den Charakter unseres Oberhauses bestimmen würde, dies der erste Schritt zur Revolution sei: »Paßt bloß auf, was jetzt aus dem Senat wird!«

Sein Spott über den neunzehnten Zusatzartikel war bissig: »Der beste Tag in der Familie Starr war jener, als mein Großvater, General Hugh, sich für Robert E. Lee entschied... Der dunkelste Tag kam, als seine übergeschnappte Tochter, Tante Emily, anfing, sich für das Frauenwahlrecht einzusetzen.« Natürlich hatte er seine Einstellung zur berüchtigten Emily von seiner Mutter, Anne Greer, übernommen, deren böse Erinnerungen an ihre Schwägerin sich im Laufe der Jahre verstärkten. Sie erzählte einmal meinem Großvater von jener unerfreulichen Nacht in Pittsburgh, als sich Emily über sie lustig gemacht hatte: »Sie äffte mich nach, sie lachte mich aus, sie erniedrigte mich auf jede nur erdenkliche Weise, und ich habe, solange sie lebte, nie wieder ein Wort mit ihr gewechselt. Sie war eine schreckliche Person, und sie hat fremde Ideen in die amerikanische Politik eingeführt.«

Aber die schärfste Ablehnung meines Großvaters galt dem sechzehnten Zusatzartikel, der die Erhebung einer Einkommensteuer regelt: »Wäre dieser verdammte Artikel nicht verabschiedet worden, wärst du jetzt ein reicher Mann«, pflegte er zu meinem Vater zu sagen und übersah dabei die Tatsache, daß seine eigenen ungeschickten Beteiligungsmanöver der Grund für seinen finanziellen Niedergang waren.

Was er besonders bedauerte, war die Tatsache, daß jeder dieser Zusatzartikel zu seinen Lebzeiten beschlossen worden war: »Wenn ich besser aufgepaßt hätte, wären die Leute vielleicht zu bremsen gewesen. Man hat uns Patrioten wohl beim Mittagsschlaf überrascht.« Immer wieder belehrte er meinen Vater über diesen Punkt: »Thomas, laß die Leute nie etwas an der Verfassung ändern! Sie ist perfekt, wie sie ist«. Und er mokierte sich darüber, daß etwa der achtzehnte Zusatzartikel versuche, dem Trinken Einhalt zu gebieten: »Wir haben uns von einigen braven Frauen und tränenreichen Pfarrern diese Novelle aufdrängen lassen, und sobald sie in Kraft trat, wußte jeder vernünftige Mensch, daß sie ein gewaltiger Fehler war, der wieder korrigiert werden mußte. Gott sei Dank waren Männer wie ich zur gegebenen Zeit in der Lage, uns von dem Artikel zu befreien, aber er hätte sich nie in die Verfassung einschleichen dürfen.«

Bevor ich über den Vorgang spreche, der meinem Großvater zu etwas verhalf, was er als persönlichen Sieg interpretierte, muß ich erläutern, wie tief der Abscheu vor Präsident Roosevelt in ihm saß. Im Jahr 1944, als die siebenundzwanzigste Division meines Vaters unter beschämenden Umständen aus Saipan verlegt wurde, verlor mein Vater, Oberstleutnant

Thomas Starr, ein Bein; er wurde etwas wunderlich und erhielt vom Kongreß die Ehrenmedaille, die höchstmögliche Auszeichnung. Großvater, der mit Begeisterung erfuhr, daß sich ein weiterer Starr ehrenvoll verhalten hatte, fuhr quer durch Washington und North Virginia und erzählte allen von Toms Heldentaten.

Er erhielt natürlich eine Einladung ins Weiße Haus, um dabeizusein, wenn seinem Sohn die Auszeichnung verliehen wurde. Als er aber merkte, daß die Übergabe von Präsident Roosevelt vorgenommen würde, weigerte er sich hinzugehen: »Jede Medaille, die dieser Schurke anrührt, ist besudelt.« Und als mein Vater die Auszeichnung nach Hause brachte, wollte sie Großvater nicht berühren. Aber er zeigte sie vor, wenn Fremde zu Besuch waren.

In den Jahren 1933 und 1934 erlebte Großvater eine besonders schlimme Zeit, denn in jenen traurigen Jahren sah es so aus, als würde unsere Nation auseinanderbrechen und F. D. R. seine radikalen Reformen einleiten. Waren solche übereilten Veränderungen notwendig, um unsere Gesellschaft zu retten? Wer weiß? Hätte ich damals schon gelebt, wäre ich vielleicht für die Neuerungen eingetreten, aber wer weiß? Großvater war überzeugt: »Roosevelt ist ein Kommunist. Er ist ein schlimmerer Diktator als Mussolini.« Einmal brüllte er: »Man sollte diesen Kommunisten erschießen«, aber Großmutter warnte ihn: »Wenn du das sagst und die Leute können dich hören, kommst du ins Gefängnis.« Wenn er auch seine Beschimpfungen in der Öffentlichkeit mäßigte, so ließ sein persönlicher Haß nie nach, und wogegen er am meisten Front machte, war die Art und Weise, mit der die

Bestimmungen von Roosevelts N. R. A. in sein privates Leben eingriffen: »National Recovery Act! Laßt die Finger davon, das regelt sich alles von selbst. Sich in alles einzumischen ist Diktatur in ihrer schlimmsten Ausformung.«

Zur damaligen Zeit gab es einen Schlager, ein wirklich albernes Lied: »Sam, du hast die Hosenbeine zu lang gemacht«, und eines Morgens sah Großvater die verrückte Überschrift in seiner Zeitung: »Sam, du kannst die Hosenbeine länger oder kürzer machen, aber verlange dafür nicht mehr als 2.50 Dollar!«

»Mein Gott«, rief er aus und schleuderte die Zeitung auf den Fußboden, »jetzt mischt er sich auch noch ins Schneiderhandwerk ein!«

Und dann, in den Augenblicken seiner offenbaren Niederlage, kam überraschend der Triumph in Form eines Urteils des Obersten Gerichtshofs, das 1935 während der Depression gefällt wurde. Es trug die seltsame Bezeichnung »Geflügelfarm Schecter gegen die Vereinigten Staaten«, und Großvater erklärte: »Das ist der größte Gerichtsfall in der Geschichte der Vereinigten Staaten. Er hat unsere Nation gerettet.« Und in späteren Jahren sind mir andere Menschen begegnet, die ungefähr ebenso dachten.

Die Fakten waren klar. Beamte der N. R. A., die von Roosevelt, aber nicht vom Kongreß ernannt worden waren, hatten eine Bestimmung – kein rechtmäßig verabschiedetes Gesetz – erlassen, in der es hieß, daß man kranke Hühner nicht von einem Bundesstaat in einen anderen befördern dürfe, um sie dort zu verkaufen. Die Leute der Firma Schecter fanden diese Bestimmung irgendwie schikanös und weigerten sich, ihr Folge zu leisten. Sie verschickten weiterhin ihre

Hühner, ob gesund oder krank, von New Jersey nach New York. Also wurden sie verhaftet. Der Fall kam vor den Obersten Gerichtshof, der mit neun zu null Stimmen erklärte, daß die N.R.A. verfassungswidrig sei, weil sie dem Präsidenten gestattet habe, ein Gesetz zu erlassen, was nur dem Kongreß zustehe.

Als ich diese Geschichte über meinen Großvater zum erstenmal hörte, begriff ich nur wenig, und ich vermutete, daß meine Eltern die Fakten durcheinandergebracht hätten. Aber als ich später die Interpretation erfuhr, die mein Großvater dem Fall widerfahren lassen hatte, neigte ich dazu, mich seiner Meinung anzuschließen. Er reiste durch Virginia und erzählte allen: »Roosevelt ist ein Diktator, das steht fest, und die N. R. A. ist sein Trick, uns Ketten um den Hals zu legen. Zur Zeit gibt es auf der Welt einige Diktatoren, die sich eine vorübergehende Krise zunutze machen, um eine illegale Gesetzgebung einzuführen. ›Die Zeitläufe verlangen es‹, sagen sie lauthals, aber denkt an mich! Wenn die Krise vorüber ist, treten die Diktatoren nie zurück. Sie bleiben im Amt, bis sie ihr Land zerstört haben. Bei uns ist es anders. Wir haben soeben unseren Diktator gehabt, einen schrecklichen Mann, als aber die Krise vorbei war, hatten wir eine Instanz, die vor über einem Jahrhundert eingerichtet wurde und die uns sagen konnte: ›Die Krise ist vorbei. Gib die Zügel zurück! Wir halten uns wieder an die Spielregeln.‹ Lest nach über Cromwell in England! Er kam genau wie Roosevelt ins Amt und ließ zahlreiche Gesetze ähnlicher Art verkünden. Um ihn loszuwerden, brauchten sie einen Bürgerkrieg. Wir schafften es mit unserem Obersten Gerichtshof.«

Roosevelt, empört über den Fall Schecter, der ihm bei

seiner Absicht, die Volkswirtschaft wieder in Ordnung zu bringen, in die Quere kam, schlug gereizt zurück. Er versuchte, den Obersten Gerichtshof mit zusätzlichen Richtern zu verstärken, die mit Sicherheit ihm ihre Stimme geben würden, und als mein Großvater von diesem Plan hörte, fuhr er aus der Haut. Ein alter Mann, der noch in Virginia lebte, als ich nach West Point ging, erzählte mir: »Dein Großvater war stets ein Patriot. Er scharte damals einige von uns um sich, die etwas von Politik verstanden. Wir unternahmen eine lange Tournee durch den Süden, bezeichneten F. D. R. als Diktator und verlangten seine Absetzung. Dein Großvater kam besonders gut an, denn er konnte den Menschenmassen zurufen: ›Meine Vorfahren unterzeichneten die Unabhängigkeitserklärung, sie beteiligten sich an der Abfassung der Verfassung, und sie kämpften an der Seite von Robert E. Lee.‹ Die Leute jubelten ihm zu, das kannst du mir glauben. Und dann rief er: ›Wir müssen die Verfassung verteidigen, so, wie sie niedergeschrieben worden ist, und Roosevelt sein Handwerk legen.‹ Als wir uns aber spätnachts während der Fahrt in die nächste Stadt unterhielten, stellte ich fest, daß dein Großvater nur den ersten Teil der Verfassung haben wollte. Er hielt nicht viel von der Bill of Rights, er mißtraute dem vierzehnten und fünfzehnten Zusatzartikel, die den Farbigen mehr Rechte einräumten, und er verabscheute den sechzehnten und siebzehnten. Aber mit Hilfe vieler Gleichgesinnter durchkreuzten wir Roosevelts Plan und retteten die Nation.«
Unsere Familie besitzt Zeitungsausschnitte von damals, die zeigen, wie Großvater in den Schlagzeilen groß herauskam. Seine Frau, also meine Großmutter,

war Mitarbeiterin bei den »Töchtern der amerikanischen Revolution«, und als jemand, den Großvater »einen irregeleiteten Wohltäter mit tränendem Herzen« nannte, für die großartige Sängerin Marian Anderson ein Konzert in der Constitution Hall vorbereitete, zog meine Großmutter, die die Constitution Hall als ihr persönliches Eigentum betrachtete, ihre Genehmigung zurück und erklärte, es sei »höchst unangebracht, daß eine Negerin an einem so geheiligten Ort auftrete«. Nachdem sich die Öffentlichkeit darüber empörte, kam Großvater seiner Frau zu Hilfe und gab eine Erklärung ab, die von allen Zeitungen und Rundfunksendern im ganzen Land verbreitet wurde: »Die Constitution Hall ist geheiligt durch das Andenken an jene Patrioten, die den Verfassungstext niederschrieben, und deren Nachkommen. Soweit ich weiß, saßen in jener Verfassunggebenden Versammlung keine Neger.«

Und dann kommt schließlich meine Lieblingsgeschichte über den brummigen alten Herrn. Er war am 12. April 1890 geboren worden, und am gleichen Tag im Jahr 1945 – aber lassen wir das meinen Vater erzählen, denn er war selbst dabei: »Stolz auf die Art und Weise, wie es mir gelang, mit meiner Prothese umzugehen, hielt ich mich im Garten auf, als ich aus dem Radio in der Küche hörte, daß F. D. R. gestorben war. Ich humpelte zum Arbeitszimmer meines Vaters und rief: ›Vater, hast du es gehört? F. D. R. ist gerade gestorben!‹ Er wies mich ab. ›Du willst dich nur lustig machen. Du sagst dies nur, um mir an meinem Geburtstag eine Freude zu machen.‹«

Rachel Denham Starr
geboren 1928

Es hat immer zu den erfreulichen Aspekten meines Lebens gehört, daß meine Frau Nancy so gut mit meiner Mutter Rachel auskommt. Dies ist natürlich nicht schwierig gewesen, denn meine Frau ist sehr verständig, und meine Mutter wäre an sich schon die Rechtfertigung für den neunzehnten Zusatzartikel, der den Frauen das Stimmrecht gab. Sie hat das Glück, immer zu den Siegern zu gehören.

An Sonntagen ist es bei uns üblich, daß Nancy am Nachmittag zu meiner Mutter hinüberfährt und bei der Zubereitung eines kalten Abendessens hilft, zu dem wir uns dann zu viert um sieben Uhr zusammensetzen. Ich finde das sehr nett, denn ich freue mich immer, mich mit Vater und Mutter unterhalten zu können.

Deshalb war ich auch diesmal am Sonntagnachmittag allein zu Hause, als Zack, ohne anzuklopfen, hereinstürzte. Er war offenbar erregt und erzählte mir auch sofort, warum: »Norman, ich war gestern den ganzen Nachmittag mit führenden Leuten der Szene zusammen, und sie halten alle die Situation für so eindeutig, daß es keine Alternative gibt.« Er stand auf, wanderte im Zimmer umher und blieb schließlich wie ein erzürnter Vater neben mir stehen: »Ich habe gesagt, alle sind der Meinung, daß es keinen Ausweg gibt.«

»Was soll dies heißen?«

Er wanderte wieder herum, räusperte sich und zog dann einen Stuhl heran, so daß er sich dicht vor mir hinsetzen konnte: »Norman, dies wird dir nicht gefallen, aber morgen vormittag wirst du dich auf den fünften Zusatzartikel der Verfassung berufen müssen, wenn du dich nicht selbst belasten willst.«

Mir wurde schwindlig. Seit den Tagen des Kefauver-

Komitees, das zeitlich mit meiner Geburt zusammenfiel, war unsere Familie über die Kriminellen, Spione und all jene Gerissenen hergezogen, die sich auf diesen fünften Zusatzartikel beriefen, und zu meinen frühesten Erinnerungen gehört mein Großvater, der empört ausrief: »Nur Diebe und Schurken berufen sich auf den fünften Zusatzartikel.« Ich konnte mir nicht vorstellen, daß irgendein Starr in der Vergangenheit diesen Artikel für sich in Anspruch genommen haben könnte, und deshalb war es für mich undenkbar, so etwas in aller Öffentlichkeit zu tun.

»Es kommt für mich nicht in Frage, den fünften Zusatzartikel in Anspruch zu nehmen«, sagte ich.

Ich bin sicher, Zack hat gewußt, wie ich reagieren würde, aber da er immer noch versuchte, mich umzustimmen, saßen wir schweigend da und wußten beide nicht, was es noch zu sagen gegeben hätte. In diesem Augenblick kam Nancy herein, die von meiner Mutter zurückgekommen war. Sobald sie uns sah, rief sie: »Ihr beide seht aus wie der Leichenwagen, der gerade vorbeigefahren ist«, worauf Zack sagte: »So ist es. Ich habe Norman soeben geraten, bei der Anhörung vor dem Kongreß morgen vormittag den fünften Zusatzartikel zu beanspruchen.«

Sie blieb stocksteif in der Tür stehen, hielt wie immer ihr spitzes Kinn nach oben gerichtet und stellte dann eine völlig unerwartete Frage: »Werden ganze Batterien von Fernsehkameras dasein, Zack?«

Und er antwortete: »Bestimmt.«

Sie blieb, von der Sonne beschienen, in der Tür stehen, und ich hatte keine Ahnung, was sie nun erwidern würde, denn sie wußte nur drei Dinge über meine Arbeit: Mit dem Iran hatte ich nichts zu tun. Ich war bis zum Hals in die Nicaragua-Sache verwickelt. Und obwohl ich dem Admiral Poindexter unterstand, hatte ich nur gelegentlichen Kontakt mit Colonel North. Was ich tatsächlich getan habe und in welchem rechtlichen Dilemma ich mich befand, wußte sie nicht, ebensowenig wie irgendein anderer Zivilist, nicht einmal Vizepräsident Bush, für dessen Drogenausschuß ich verschiedene durchaus gesetzliche Aufträge erledigt hatte, die öffentlich bekannt und der Allgemeinheit von Nutzen waren.

Aber sie hatte ihre eigenen Auffassungen, diese junge Hausfrau und Verwaltungshilfe, und ich merkte, daß sie im Begriffe war, kein Hehl aus ihrer Überzeugung zu machen: »Unser Volk hat mit angesehen, wie sich ein Admiral auf den fünften Zusatzartikel berufen hat, ebenso ein General der Luftwaffe und ein Oberst der Marineinfanterie. Und die Leute haben es satt. Falls noch ein Militär dort steht und sich auf diesen Artikel beruft, wird ihnen übel. Ich möchte nicht, daß ausgerechnet mein Ehemann derjenige sein soll, der sie zum Erbrechen bringt.«

Zack, der eine solche Ablehnung von meiner Seite ohnedies erwartet hatte, war auch von der Empörung meiner Frau nicht überrascht, aber er wußte, wie er sich zu verhalten hatte: »Nancy, setz dich hin, und komm wieder auf den Fußboden! Dein Mann wandert ins Gefängnis, wenn wir uns in diesem Fall nicht richtig verhalten, und mit ›wir‹ meine ich uns alle, dich inbegriffen. Und jetzt halte den Mund, und hör zu!«

Aus seinen Akten nahm er eine Kopie des fünften Zusatzartikels heraus: »›... Niemand darf in einem Strafverfahren zur Aussage gegen sich selbst gezwungen ... werden.‹ Damit soll jeder«, meinte Zack, »ob

schuldig oder unschuldig, gegen die Erpressung von Zeugenaussagen geschützt werden.« Und in feierlichem Ton schilderte er, wie man früher solche Informationen gewonnen hatte: Abschneiden der Ohren, Verrenkung der Gliedmaßen auf der Streckbank, heißes Öl in den Ohren, Einkerkerung in einer Zelle, die so überbelegt war, daß man weder aufrecht stehen noch darin schlafen konnte. »Einer der edelsten Zusatzartikel, dieser fünfte. Und dein Ehemann ist genau die Art von Mensch, die dieser Artikel schützt.«
Entsetzt über Zacks Schilderung dessen, was früher bei Prozessen, auch im kolonialen Amerika, vorging, nahm Nancy den Stuhl, den er ihr hinschob, an und fragte: »Er wird also wie alle unsere anderen militärischen Helden und Waschlappen vor Gericht gestellt?«
»Nein«, sagte Zack geduldig, »er wird sich schützen, wozu ihn Simon Starrs Verfassung einlädt ... nein, was diese Verfassung von ihm erwartet.«
»Und dann bittet er den Kongreßausschuß, ihm Immunität zu gewähren?«
»Nein, er bittet nicht darum. Ich werde ihm diese Immunität mit Sicherheit verschaffen.«
»Und was passiert dann?«
»Na ja, man wird von ihm erwarten, daß er sein ganzes Wissen preisgibt, um dem Ausschuß weiterzuhelfen.«
»Meinst du, er fällt seinen Kollegen in den Rücken?« Nancy hatte die Gewohnheit, Klartext zu sprechen, und Zack hörte nur ungern, was sie sagte.
»Das mußt du verstehen ...« meinte er mit unsicherer Stimme.
Nancy fiel ihm ins Wort. Sie faltete die Hände in ihrem Schoß, lächelte gewinnend und sagte: »Zack, du

kennst uns schon so lange, ohne uns wirklich zu kennen. Es ist klar, daß du Norman und mich nicht verstehst. Er wird sich nicht um die Verantwortung herumdrücken, niemals. Und wenn er in Schwierigkeiten gerät, kann ich immer noch in ... meinem Job weitermachen, den ich hatte, als wir heirateten. Wenn du also glaubst, mein Mann würde, um seinen Hals zu retten ...«

Es war eine heroische Rede, aber sie machte auf Zack keinen Eindruck. Der kämpferische Rotschopf hatte uns lange genug in Schutz genommen. Er stand über uns und sagte: »Gestern vormittag, bevor ich die ganztägige Sitzung mit unseren führenden Anwälten hatte, die mehr über Washington wissen, als ich je in Erfahrung bringen werde, war ich ein ganz bestimmter Typ von Mensch, und ihr wart zwei gewöhnliche Leute. Schön, ihr Lieben, das hat sich geändert.«

»Wieso?« fragte Nancy kampfbereit.

»Weil uns bei der Sitzung heute morgen der Vertreter eines führenden Anwaltsbüros mitteilte, er besitze bestimmtes Beweismaterial, daß der Kongreßausschuß jemanden kenne, der bereit sei, etwas über die Affäre in Nicaragua auszuplaudern ... oder in Honduras direkt hinter der Grenze – Tres Toros.«

Ich blieb ganz ruhig, aber sowohl Zack als auch Nancy mußten erkannt haben, daß sich meine Fingerknöchel weiß verfärbt hatten. Zack hatte dergleichen wohl erwartet, aber auf Nancy wirkte dies wie eine Feuersirene, die bei Nacht plötzlich aufheult. Sie war zutiefst erschreckt, und unvermutet wurde aus der angriffslustigen Kämpfernatur eine zitternde Frau, die nichts anderes mehr im Sinn hatte, als ihren Ehemann zu schützen. Sie fragte nicht, was mit Tres Toros war

oder was es bedeutete; mit leiser Stimme fragte sie: »Was sollen wir tun, Zack?«
Er lächelte sie an, als wäre er in sie verliebt, und sagte: »Wir bleiben ganz ruhig, wir drei. Dein Mann beruft sich auf den fünften Zusatzartikel, und zwar aus einem sehr guten Grund, der mehr Gewicht hat als alles andere.« Und hier schwoll seine Stimme fast zu einem Aufschrei an: »Um seinen gottverdammten Kopf zu retten.« Dann setzte er sich hin, wischte sich die Stirn ab und sagte ruhig: »Es gibt keinen anderen Ausweg, Nancy. Und mit etwas Glück kann ich, glaube ich, auf diesem Weg durchkommen. Aber Norman und ich müssen auf deine Unterstützung rechnen können.«
Mich fröstelte. Hatte er nicht am selben Vormittag gesagt: »Ich bin sicher, daß ich deinen Kopf retten kann«? Aber nach Nancys Ausbruch und der Nennung von Tres Toros hat er nun seine Zuversicht gedämpft und gesagt: Ich glaube, ich kann es schaffen.

Wir fuhren in gedämpfter Stimmung zu meinen Eltern zum Abendessen. Da Nancy am Steuer saß, hockte ich auf dem Beifahrersitz und machte mir düstere Gedanken über die Dinge, die mich morgen erwarteten. Wir fuhren schweigend dahin, durch Straßen, die frisch vom Schnee geräumt waren, denn es war die Jahreszeit, zu der in den Staaten an der Ostküste und speziell in Washington starke Schneefälle niedergehen. Die weiße, eisige Nacht paßte gut zu meiner inneren Verfassung.
Als wir eine Strecke erreichten, auf der der Schneepflug eine breite Schneise geräumt hatte, verlangsamte Nancy das Tempo, wandte sich mir zu und sagte: »Okay. Was war mit Tres Toros?«

Ich schwieg eine Weile und erinnerte sie dann an die Spielregeln, auf die wir uns bei unserer Heirat geeinigt hatten: »Das Haus ist deine Domäne. Die Armee ist meine.«
Aber dann zitierte sie wie eine kluge Anwältin die Einzelheiten, auf denen sie damals bestanden hatte: »Ich kann zum Thema zwei Fragen stellen, und du mußt sie beantworten, es sei denn, sie berühren Geheimmaterial. Bist du einverstanden, daß ich meine zwei Fragen vorbringe?«
»Also, dann.«
»Warst du befugt zu tun, was du getan hast?«
»Ich halte mich an die Vorschriften. Das weißt du.« Aber nach einigem Nachdenken fügte ich hinzu: »Zack meint, ich sei hauptsächlich deshalb in Schwierigkeiten, weil die, die mir diese Befugnis einräumten, dies inzwischen öffentlich dementiert haben.«
»War Geld mit im Spiel?«
»Eine Menge. Aber ich brauche dir nicht zu sagen, daß kein Penny an meinen Fingern klebengeblieben ist.«
»Stammte das Geld von einem iranischen Auftraggeber?«
Auf diese Frage durfte ich keine Antwort geben, deshalb sagte ich bloß: »Das ist schon die dritte Frage; du bist ausgeschieden.«
Plötzlich brachte sie den Wagen an einer schneebedeckten Böschung zum Stehen, wandte sich mir zu und schlang die Arme um meinen Hals. Nachdem sie mich geküßt hatte, flüsterte sie: »Ach, Norman, ich liebe dich so sehr! Du bist immer so verdammt anständig gewesen.« Wir blieben einige Minuten sitzen und waren uns beide bewußt, wie ungeheuer wichtig der andere war, und meine Anspannung ließ nach.

Diese Pause, in der wir uns gegenseitig beruhigten, wurde brüsk von zwei stämmigen Männern unterbrochen, die ihre Taschenlampen in das Innere unseres Wagens richteten und brummten: »Was machen Sie denn hier?« Es waren Polizeibeamte, und für sie waren wir verdächtige Herumtreiber in einer Wohngegend. Einer Eingebung des Augenblicks folgend, sagte ich: »Meine Frau fühlt sich nicht ganz wohl.«

Nachdem sie uns genauer betrachtet hatten, meinte der ältere Beamte: »Schön, wenn ihr schwindelig ist, sollten Sie dann nicht lieber selbst fahren?«

Ich mußte ihm recht geben; deshalb stieg ich aus, ging im Schnee um den Wagen herum und machte mich daran, mich auf den Fahrersitz zu setzen, während Nancy auf meinen Platz hinüberrutschte, ohne den Wagen zu verlassen.

»Sie haben doch sicher einen Führerschein«, sagte der ältere Polizeibeamte. »Und die Zulassungspapiere.«

Ehepaare in unserem Alter, die in ihrem Wagen neben einer Schneeverwehung stehenbleiben, sind bestimmt nichts Alltägliches für Polizisten. Deshalb zog ich meinen Führerschein heraus, und als sie meine Adresse sahen, pfiffen sie leise vor sich hin.

»Sind Sie ein Professor oder so etwas?«

»Major in der Armee.«

Der jüngere Polizist grüßte und sagte: »Tut mir leid, daß wir Ihnen Unannehmlichkeiten bereitet haben«, und die beiden entfernten sich.

Als wir das gemütliche Haus meiner Eltern erreichten und die herzliche Wärme der Räume und ihrer Bewohner spürten, ließ unsere Spannung nach; und da die Sonntagszeitungen voll von der Nachricht waren, daß ich morgen in den Zeugenstand treten solle, muß-

ten auch meine Eltern um meine Anspannung wissen. Aber sie blieben völlig gleichmütig und vermieden es offenbar sorgfältig, den Iran, die Contras oder den Mann, den sie als meinen Kollegen kannten, Oliver North, auch nur mit einem Wort zu erwähnen.
Während die Frauen darangingen, den Tisch zu dekken, und ich die Sportseiten las, dachte ich mir, wie echt amerikanisch meine Eltern doch waren und wie nahe sie dem Herzen Amerikas standen. Mein Vater war ein hochdekorierter Soldat mit einem Holzbein, und meine Mutter ... Diese stille, willensstarke Dame war eine heimliche Heldin, ausgezeichnet mit der ihr eigenen Art von Ehrungen.

Am Rande von Philadelphia geboren und in einer Familie aufgewachsen, die immer rechnen mußte, besuchte Rachel Denham eine höhere Schule, wo ihre Leistungen so überragend waren, daß sie ein Stipendium für das Bryn Mawr College erhielt. Weil sie sich aber keinen Schlafplatz im College und nicht einmal einen Gebrauchtwagen leisten konnte, mußte sie jeden Tag den Zug benutzen: sechs Häuserblocks bis zum Bahnhof und eine lange Strecke vom Bahnsteig bis zum College zu Fuß. Der Fußmarsch und die Fahrten scheinen ihr gutgetan zu haben, denn sie bekam hervorragende Noten und jedes Jahr ein höheres Stipendium.
Als Soldat mochte ich Bryn Mawr nicht besonders, weil es eine jener Quäkerschulen war, die den Pazifismus predigen, und mit dem kommt ein Volk nie sehr weit. Aber Bryn Mawr ist auch ein College, an dem die Studenten jedes Jahr eine Abschlußprüfung ablegen müssen, und ich sehe nicht ein, wie jemand wirk-

lich eine gute Ausbildung erhalten kann, ohne dies zu tun. Im Wintersemester 1948 während ihres ersten Schuljahres gab ihr jedenfalls ein seriöser Professor – wie Sie sehen können, gefällt mir dieses Wort »seriös« – ein politwissenschaftliches Thema, das sie erstaunte: »In den kommenden Jahrzehnten wird die Fehlzuweisung von Ämtern zu einem heißumstrittenen politischen Problem werden. Stellen Sie fest, was es hierüber in Pennsylvanien zu erfahren gibt!« Das war alles. Er hatte nie über Stellenbesetzung irgendwelcher Art in den Vorlesungen gesprochen, deshalb war sie ganz auf sich allein angewiesen.

Ich habe ihre Arbeit gesehen. Man hätte sie veröffentlichen können, weil sie in ihrer konsequenten Art nicht nur über Pennsylvanien, sondern auch über neun andere Bundesstaaten berichtete und dabei genau die Daten offenlegte, die ihr Professor erwartet hatte: daß nämlich in ganz Amerika die Menschen, die in Großstädten wohnten, auf groteske Weise zugunsten derjenigen benachteiligt wurden, die in Kleinstädten oder auf dem Lande lebten. Wie der Professor bereits gewußt hatte, als er ihr das Thema nannte, war Nancys eigener Bundesstaat Pennsylvanien am schlechtesten daran. Dort gab es dreiundfünfzig Kreise, von denen viele bewaldete, ländliche Gebiete mit wenigen Einwohnern waren. Dort gab es mehr Hirsche und Rehe als Menschen, was jedoch nur in den vier Wochen der Jagdsaison von größerem Wert war. Der Bundesstaat hatte außerdem zwei Großstädte, mit hohen Einwohnerzahlen, Philadelphia und Pittsburgh. Aber weil es festgeschrieben war, daß jeder Kreis einen eigenen Vertreter im Unterhaus haben mußte, war ein lächerliches Ungleichgewicht die Folge, was freilich die ländlichen Gebiete wenig störte. Als meine Mutter das sah, rief sie: »Eine Rechenmaschine her!« Und mit deren Hilfe verfertigte sie eine Reihe von graphischen Darstellungen, deren verschlungene Linien eine verfahrene Situation enthüllten.

> Hier ist zum Beispiel Forest County mit 4944 Einwohnern und seinem eigenen Abgeordneten, und hier ist die Großstadt Chester mit 66039 Einwohnern und ebenfalls nur einem Sitz. Also hat ein Farmer, der in Forest County seine Stimme abgibt, 13,36mal soviel Einfluß wie der städtische Beamte in Chester. Offensichtlich will es das konservative Pennsylvanien so, denn es fürchtet sich vor der, wie es heißt, »Verdorbenheit der Großstädte«.

Aus ihren Karten ging hervor, daß die Situation im Senat des Bundesstaates, der große Machtbefugnisse besaß, gleichermaßen ungerecht war:

> Sie sehen drei kleine Kreise mit einer Gesamtbevölkerung von 101210 Personen; diese stellen einen Senator hier dagegen ist ein Stadtgebiet mit 441518 Menschen, und sie vertritt auch nur ein Senator, was bedeutet, daß der Farmer viermal so einflußreich wie der Stadtbewohner ist.

Meine Mutter stellte Zahlen zusammen, aus denen hervorging, wie eine ganz kleine Minderheit im ländlichen Gebiet bestimmen konnte, was in der Legislative geschah. Sie schloß mit den Bemerkungen:

> Und weil Pennsylvanien auch die Kongreßabgeordneten entsprechend seiner Kreiseinteilung nach Washington schickt, wird unsere Bundeslegisla-

tive ebenso durch die Überbetonung der ländlichen Gebiete und die Untervertretung der Städte geprägt. Dieses Mißverhältnis führt bei der Gesetzgebung manchmal zu absurden Ergebnissen.

Man sagt, daß der Lebensweg vieler junger Leute durch Abschlußprüfungen am College bestimmt wird, und dies war bei meiner Mutter sicherlich der Fall. Die Fakten, die sie bei den Recherchen für diese eine Arbeit zutage förderte, nahmen sie derartig gefangen, daß sie das folgende Jahr als Assistentin eines pennsylvanischen Senators in Washington verbrachte. Wieder in Bryn Mawr, organisierte sie im nächsten Jahr eine Konferenz, die von Studenten aus allen Teilen der Vereinigten Staaten besucht wurde. Das Thema: »Falsche Sitzverteilung in der Legislative der Bundesstaaten«. Die Eröffnungsansprache meiner Mutter vor den Delegierten befaßte sich mit der Weigerung der Abgeordneten von Tennessee, die Sitzverteilung neu zu ordnen:

> Die Verfassung von Tennessee schreibt eine neue Sitzverteilung nach jeweils zehn Jahren auf Grund einer Volkszählung vor, aber die Abgeordneten aus den ländlichen Distrikten, die gegenüber den städtischen Vertretern weit in der Überzahl sind, weigern sich, irgendwelche Änderungen einzuführen, die zu einer Verringerung ihrer Abgeordnetenzahl führen könnten. Das Ergebnis? Seit 1901 hat es keine neue Sitzverteilung in Tennessee gegeben, und die Großstädte sind die Benachteiligten. Gibt es innerhalb des Bundesstaates eine Behörde, die in der Lage ist, den Staat zu zwingen, seine eigenen Gesetze einzuhalten? Nein.

Es gab lange Diskussionen bei dieser Zusammenkunft. Meine Mutter war wie viele andere kluge Leute davon überzeugt, daß nur der Oberste Gerichtshof der Vereinigten Staaten die Bundesstaaten zwingen könnte, ihre eigenen Gesetze zu befolgen; es gab nämlich ein halbes Dutzend Staaten, die ebenso bedenklich wie Tennessee aus dem Gleichgewicht geraten waren. »Denn«, erklärte meine Mutter mit einem Scharfsinn, den man ihrer Jugend nicht zugetraut hätte, »der Kongreß wird ebenfalls von den Kreisen gewählt, in denen genau dasselbe Mißverhältnis besteht.«

»Die Senatoren aber nicht«, berichtigte sie ein junger Mann aus Alabama, und sie erwiderte: »Da haben Sie recht. Aber die meisten werden erst dann Senatoren, wenn sie vorher Kongreßabgeordnete waren. Sie halten zusammen, um das alte System aufrechtzuerhalten, dem sie ihren Sitz verdanken.«

Durch Zufall war meine Mutter auf ihr Lebenswerk gestoßen. Noch bevor sie Bryn Mawr verließ, war sie Expertin in Sachen Sitzverteilung, und als sie ihren Doktorgrad erhielt, wurde sie eingeladen, vor verschiedenen Abgeordneten zu sprechen und zu Problemen Stellung zu nehmen, als bei Volkszählungen neues Zahlenmaterial hereinkam. Ihre zahlreichen Publikationen zu diesem Thema fanden ein so positives Echo, daß man ihr Stellungen in verschiedenen Institutionen, auch in Chikago, anbot, aber sie wollte in der Nähe des Kongresses bleiben und entschied sich deshalb für Georgetown. Von hier aus konnte sie der Regierung leichter ihr beschämendes Versagen vorhalten, nachdem die Legislative es immer wieder versäumte, die notwendigen Maßnahmen zu ergreifen. In einem 1960 veröffentlichten Artikel schrieb sie:

> Ich bin völlig frustriert. Die gesamte Bevölkerung der Vereinigten Staaten weiß, was unternommen werden muß, um den Bewohnern der Großstädte Gerechtigkeit angedeihen zu lassen, aber es gibt keine Möglichkeit, entsprechende Initiativen zu erzwingen. Was sollen wir tun, wenn wir nach dem gesunden Menschenverstand handeln sollen? Der Kongreß wird nichts unternehmen, um einen Verfassungszusatz zur Abstimmung zu bringen. Die parlamentarischen Instanzen weigern sich, die Sache zu bereinigen. Ich und Sie, wir haben nicht die Macht, irgend etwas zu unternehmen. Wohin kann sich ein Staatsbürger wenden, wenn er Hilfe braucht?

Aber sie ging nicht so weit, ihr bohrendes Interesse zu einer Monomanie werden zu lassen: »Vor mir hatte ich stets das Beispiel der Emily Starr, die ihr persönliches Glück auf dem Altar der politischen Reformen opferte, und davon wollte ich nichts wissen. Ich beherrschte mich, wenn ich mit Abgeordneten sprach. Ich trug eine vorteilhafte Garderobe und hielt mich vor älteren Männern, die ihr ganzes Leben im Staatsdienst verbracht hatten, zurück. Aber wenn es auf Spitz und Knopf stand ... mein Lieber, dann habe ich es ihnen gegeben!«
Eine meiner lebhaftesten Erinnerungen ist die, daß ich mit ihr und meinen beiden Schwestern beisammensitze und sie erzählen höre, wie sie meinen Vater kennenlernte, den »Kriegshelden«, wie sie ihn immer bezeichnet: »Ich war eine unterbezahlte, unterernährte Dozentin am Bryn Mawr College und versuchte gerade, in der akademischen Welt Fuß zu fassen. Und

um euch die Wahrheit zu sagen: Es war ein schwieriges Unterfangen, einen Ehemann zu finden. Dann tauchte euer Vater auf dem Campus auf, um bei irgendeiner Versammlung zu sprechen. Großartige Uniform, Orden an der Brust, ein Holzbein, das den heldenhaften Eindruck noch verstärkte. Ach, habe ich mich damals verliebt!«

»Hat sein Bein dich nicht irgendwie aus dem Gleichgewicht gebracht?« fragte einmal meine Schwester, und meine Mutter gab ihr eine bemerkenswert offenherzige Antwort: »Einige Frauen in der Fakultät haben mich dasselbe gefragt, und ich habe ihnen gesagt: ›Soweit ich weiß, hat das linke Bein nichts mit Liebe oder der Produktion fruchtbaren Spermas zu tun: Und ihr, liebe Kinder, seid der Beweis dafür.«

Dann kam die aufregende Nachricht: Der Oberste Gerichtshof hatte sich bereit erklärt, eine Anhörung bezüglich des Versagens bundesstaatlicher Legislativen in der Frage der Neuverteilung der Parlamentssitze durchzuführen. Welchen Bundesstaat hat man wohl als erstes Beispiel ausgesucht? Genau jenen, auf den meine Mutter schon Jahre zuvor hingewiesen hatte: Tennessee. Der Prozeß lautete »Baker gegen Carr«, und meine Mutter wurde aufgefordert, als *amicus curiae* auszusagen, als informierter Freund des Gerichts oder, wie sie uns sagte: »In meinem Fall als *amica curiae,* da ich eine Frau bin.« Wir haben Unterlagen von ihren Ausführungen.

> Wenn wir Bürger Amerikas keinerlei Hilfe bei irgendeiner Regierungsbehörde finden und alle Möglichkeiten erschöpft haben, müssen wir uns auf Gedeih und Verderb diesem Gerichtshof an-

vertrauen, denn er wurde eingerichtet, um gerade in solchen Fällen Abhilfe zu schaffen. Dieses Gericht ist unser Verteidiger gegen Enttäuschung und Verzweiflung. Nur dieser Gerichtshof kann anordnen, daß Gerechtigkeit geschieht.

Am 26. März 1962, als ich elf Jahre alt war, saß meine Mutter mit uns zu Hause und lauschte den Radionachrichten, als durchgegeben wurde, daß der Oberste Gerichtshof ihr mit einem Abstimmungsverhältnis von sechs zu zwei recht gegeben habe, daß also letzten Endes die Bundesstaaten gezwungen würden, die Sackgasse zu beseitigen, aus der die Städte bis dahin nicht herausgekommen waren. Sie brach nicht in Triumphgeheul aus. Sie hörte sich noch die Kommentare anderer Sender an, die sich dem Fall »Baker gegen Carr« widmeten, dann richtete sie das Abendessen her. An jenem Abend klingelten bei uns Professorenkollegen und Presseleute, um ihr zu gratulieren, und sie sagte zu ihnen: »Das Werkzeug ist stets zur Hand, um unsere Demokratie zu erneuern. Das Problem besteht nur darin, jemanden zu finden, der mit ihm umgehen kann.«
»Haben Sie jetzt nicht alle Hände voll zu tun, um den verschiedenen gesetzgebenden Instanzen mit Ihrem Rat beizustehen?« fragte ein Reporter, und sie sagte: »Das habe ich in den letzten zwölf Jahren getan, ohne damit, offen gestanden, viel erreicht zu haben. Das Urteil stellt nichts in Aussicht. Entscheidend ist, wie wir es in die Tat umsetzen.«

Nach dem Abendessen mit meinen Eltern blieben Nancy und ich noch eine Weile sitzen und sprachen über alles mögliche, nur nicht darüber, was ich am nächsten Tag tun würde. Als wir gingen, begleitete uns meine Mutter zu unserem Wagen und sagte leise: »Norm, dein Vater und ich waren sehr stolz, als du aufgefordert wurdest, im Weißen Haus zu arbeiten. Hoffentlich können wir ebenso stolz auf dich sein, wenn du wieder von dort weggehst.«

Norman Starr
geboren 1951

Am Montag stand Nancy frühzeitig auf, legte meine Ausgehuniform heraus und befestigte an ihr in sauberen Reihen die farbenprächtigen Bänder, aus denen meine Dienstjahre hervorgingen. Das amerikanische Militärsystem verleiht Auszeichnungen so, wie eine Sonntagsschule Belohnungen für die Teilnahme am Unterricht verteilt, aber die Orden beeindrucken die Zivilbevölkerung, und dies war heute die Absicht. So trug ich auch einige Auszeichnungen für Aktionen von nur geringer Bedeutung, doch besaß ich keinen Orden, aus dem der beträchtliche Beitrag hervorgegangen wäre, den ich für die Sicherheit unserer Nation in Mittelamerika geleistet hatte. Man gewinnt eben, und man verliert.

Während ich mich rasierte, sorgte Nancy für eine Überraschung, die mir gar nicht lieb war. Sie rief ins Badezimmer: »Ich habe Vater gebeten, zum Frühstück vorbeizukommen.« Ich wollte schon protestieren: »Aber doch nicht heute!«, hielt mich aber zurück, weil Professor Makinowsky ein Hauptgrund dafür war, daß aus seiner Tochter eine so bewunderungswürdige Staatsbürgerin und Ehefrau geworden ist.

Ich hatte Nancy Makin schon fast zwei turbulente Jahre lang den Hof gemacht, bevor ich erfuhr, daß sie ihren Namen abgekürzt hatte. Als wir uns ernsthafter füreinander interessierten, sagte sie eines Tages: »Ich möchte dich mit meinem Vater bekannt machen. Er ist etwas Besonderes, Geschichtsprofessor an einem kleinen College und ein großer Mann. Sein Name Makinowsky stammt aus einer Ecke zwischen Polen, Ungarn und der Tschechoslowakei.«

Nancys Vater erschien zum Frühstück. Ein Professor, wie er im Buche steht: von kleinem Wuchs wie

Nancy, mit einem großen Kopf voller wirrer schwarzer Haare, einem grauen Bart, einem forschenden Ausdruck im Gesicht, ganz so wie seine Tochter, und es war eine Freude, sich mit ihm zu unterhalten. Seine akademischen Grade bildeten eine interessante Mischung: Einer stammte aus Prag, zwei von großen Lehranstalten in New York City, an denen nicht Fußball gespielt wird. Mit diesem Hintergrund kam er allerdings nie über seine kleine Schule in Maryland hinaus, wo er zum beliebtesten Lehrer auf dem Campus wurde.

Als er mich jetzt ansah, wie ich in meiner Ausgehuniform mit den vielen bunten Ordensbändern vor ihm stand, brach er in schallendes Lachen aus: »Im Zweiten Weltkrieg, auf dem Weg zur Normandie, landeten wir in England. Unsere Ordensbänder funkelten in der Sonne. Da rief ein britischer Soldat: ›Seht euch das einmal an! Ihre ganze Scheißarmee besteht nur aus Helden!‹«

Nancy fiel ihm ins Wort, denn sie war wie immer entschlossen, ein vernünftiges Gespräch zu führen: »Ich wollte, daß Vater dir eine Geschichte erzählt, Norman. Eine, die mich stark beeinflußt hat.«

Makinowsky hielt seine Kaffeetasse mit beiden Händen, blickte über den Rand hinweg und überlegte sich, wie er anfangen sollte. Dann hüstelte er kurz und sagte: »Eine der besten Gerichtsentscheidungen in meinem Leben hat wenig Aufmerksamkeit erregt. Aber ich weise meine Studenten stets auf diese Entscheidung hin. Die Fakten waren klar. Ein Ehepaar in einem westlichen Bundesstaat – ich glaube, es war Utah; es waren keine netten Leute – leitete ein Bordell und nutzte drei ältere Frauen aus, die sie scheußlich behandelten. Dann, am Nationalfeiertag, beschlossen sie plötzlich, den ›Mädchen‹ einen Urlaub zu gewähren, für den sie alle Unkosten übernahmen. Sie fuhren die Mädchen zum Yellowstone Park im Staate Wyoming, bereiteten ihnen einige großartige Stunden und sagten, als sie die ›Mädchen‹ wieder nach Hause fuhren: ›Girls, wir wissen eure Hilfe zu schätzen.‹ Die Mädchen sagten: ›Vielen Dank!‹

Die Behörden von Utah verhafteten das Ehepaar, weil es gegen die Mann Act verstoßen und die Frauen aus unmoralischen Gründen über die Staatsgrenze gebracht habe. Die Missetäter erhielten hohe Geldstrafen und wanderten für lange Zeit ins Gefängnis.«

»Warum erzählst du das?« fragte ich. Ich ärgerte mich, daß an einem Tag, der für mich solche Bedeutung hatte, unser Gespräch derart unterbrochen wurde.

»Wie ich sagte, wurde der Prozeß vor dem Gerichtshof des Bundesstaates fortgeführt, und ein Richter fällte ein höchst eindrucksvolles Revisionsurteil. Er erklärte, die Fakten seien unwiderlegbar, die Mann Act sei verletzt, ein Verbrechen sei begangen worden und die Strafe sei durchaus angemessen. Aber, fügte er hinzu, manchmal komme das Gesetz zu einem Urteil, das gegen die guten Sitten verstoße. Dies sei ein solches Beispiel. Der Bundesstaat Utah hätte das Ehepaar schon seit vielen Jahren wegen seines Vergehens verhaften können, aber man wartete, bis das Paar das Passende tat, indem es nämlich die Mädchen aus einem bezahlten Urlaub wieder über die Grenze nach Hause brachte. Das Prinzip der guten Sitte, auf das sich die Gesellschaft verlassen können müsse, sei damit verletzt worden. Das Urteil wurde aufgehoben und das Ehepaar aus der Haft entlassen.«

Die Erzählung meines Schwiegervaters traf mich wie ein Keulenschlag. Das Prinzip der guten Sitte war verletzt worden! Ich betrachtete diesen graubärtigen Kämpfer, der die Weltkriege in Mitteleuropa überlebt hatte und jetzt junge Amerikaner unterrichtete, die sich bemühten, ihre eigenen Auffassungen von Recht und Unrecht zu entwickeln, und ich verstand plötzlich, was er sagen wollte: Glaubst du, daß amerikanische Offiziere, wenn sie in voller Uniform vor der Öffentlichkeit auftreten und sich auf den fünften Zusatzartikel berufen, nicht gegen die guten Sitten verstoßen?

»Norman, du hast jederzeit das Recht, dich auf diesen Artikel zu berufen. Millionen von Menschen in Europa und auf der ganzen Welt wären glücklich, wenn ihnen von ihren Regierungen ein solches Recht eingeräumt würde. Keine Folter, nichts, was man immer noch vielen Menschen antut, damit sie sich selbst belasten.«

»Aber für Offiziere, deren Aufgabe es ist...« Mir versagte die Stimme.

»Ja, so ist es. Deine Aufgabe ist es, die Nation zu schützen und nicht dich.«

Es mußte Nancy und ihrem Vater klargeworden sein, daß ich mich fürchtete, was mit meiner Frau geschehen könne, falls ich ins Gefängnis kam, denn sie beide boten sofort einen Ausweg an. Nancy erklärte mit fester Stimme: »Ich besitze ein Zeugnis als Computerfachmann. Ich komme durch«, und ihr Vater sagte: »Ich habe Ersparnisse.«

Ich ließ den Kopf sinken und murmelte: »Man braucht einen Vertriebenen von Gott weiß woher, um seine eigenen Gesetze kennenzulernen.«

Makinowsky sagte in beruhigendem Ton: »Norman, in der Watergate-Krise brauchte man einen italienischen Richter, Sirica, einen polnischen Anwalt, Jaworski, und eine schwarze Kongreßabgeordnete aus Texas, Jordan, deren Großvater wahrscheinlich noch Sklave gewesen war, um alles in Ordnung zu bringen – und vielleicht unseren Staat zu retten. Es muß nicht immer ein weißer angelsächsischer Protestant sein, dessen Vorfahren im Unabhängigkeitskrieg gedient haben. Vielleicht braucht man irgendeinen einfachen Bauern aus der Tschechoslowakei, um auf die Wahrheit zu stoßen.« Seine Stimme wurde schärfer und tief, und während seine Tochter neben ihm stand, wiederholte er: »Manche Dinge verstoßen gegen die guten Sitten. Und was du tun willst, gehört dazu.«

In diesem Augenblick betrat Zack McMaster die Küche, sah mich in meiner Uniform mit allen Kriegsauszeichnungen und sagte: »Gut, ich sehe, daß du bereit bist.«

Das war ich, aber nicht zu dem, was Zack von mir verlangt hatte. Als ich nun Zack in seinem gutsitzenden dreiteiligen Anzug sah, wurde ich von einem jener seltenen Blitzstrahlen geblendet, die ein menschliches Leben oder das Leben einer ganzen Nation erhellen können. Ich wußte, daß ich dem Kongreßausschuß nicht alleine gegenüberstehen würde. Da war auch der alte Jared Starr, der trotzig eine Erklärung unterzeichnete, die ihm das Leben kosten konnte. Da war auch Simon Starr, der bei der großen Debatte schwieg, aber bei Nacht mächtige Argumente ins Feld führte. Ich sah den dicken alten Edmund Starr, der sich zwar manchmal der juristischen Fakten nicht ganz sicher war, aber immer entschlossen blieb, Richter Marshall zu unterstützen, wenn dieser ihm darlegte, was der vernünftigste Entschluß sei. Ich sah Hugh Starr, der Robert E. Lee im Kampf um eine verlorene Sache getreulich unterstützte. Und ich sah die tapfere Emily Starr, die allein dastand und sich gegen Hohn, Erniedrigung und Verlassenheit wehren mußte, um eine Aufgabe durchzuführen, die erledigt werden mußte.

Sie waren meine Ratgeber, sie und meine Frau und mein guter Schwiegervater, und ich war gefährlich nahe an einem Punkt angelangt gewesen, an dem ich sie beinahe ignoriert hätte. Ich sah jetzt die Verfassung, die meine Vorfahren mitgeschaffen, interpretiert und ausgebaut hatten, als ein geheiligtes Vermächtnis, dessen Artikel die verschiedenen Regionen und Interessen unserer Nation verbinden. Philosophisch betrachtet, so flüchtig wie ein Windhauch, strukturell jedoch mächtiger als stählerne Kabel, wird dieses großartige Dokument nur dann seine Wirkung behalten, wenn jede neue Generation daran glaubt – und die Verfassung immer wieder erneuert.

Ich schlüpfte aus meinem Uniformrock und zog ein gewöhnliches Sakko an, das irgendwie zu meiner Hose paßte. Dann sagte ich zu dem verblüfften McMaster: »Ich bin bereit«, und ab ging es vor den Kongreß.

Die Verfassung der Vereinigten Staaten

PRÄAMBEL

Wir, das Volk der Vereinigten Staaten, von der Absicht geleitet, unseren Bund zu vervollkommnen, die Gerechtigkeit zu verwirklichen, die Ruhe im Innern zu sichern, für die Landesverteidigung zu sorgen, das allgemeine Wohl zu fördern und das Glück der Freiheit uns selbst und unseren Nachkommen zu bewahren, setzen diese VERFASSUNG für die Vereinigten Staaten von Amerika in Kraft.

Artikel I

Abschnitt 1: Alle in dieser Verfassung verliehene gesetzgebende Gewalt ruht im Kongreß der Vereinigten Staaten, der aus einem Senat und einem Repräsentantenhaus besteht.

Abschnitt 2: Die Mitglieder des Repräsentantenhauses werden alle zwei Jahre in den Einzelstaaten vom Volke gewählt. Die Wähler in jedem Staate müssen den gleichen Bedingungen genügen, die für die Wähler der zahlenmäßig stärksten Kammer des Einzelstaats vorgeschrieben sind.

Niemand kann Abgeordneter werden, der nicht das Alter von 25 Jahren erreicht hat, 7 Jahre Bürger der Vereinigten Staaten gewesen und zur Zeit seiner Wahl Einwohner desjenigen Staates ist, in dem er gewählt wird.

Sitze im Repräsentantenhaus und direkte Steuern werden auf die einzelnen Staaten, die dieser Union angeschlossen sind, im Verhältnis zu ihrer Einwohnerzahl verteilt; diese wird ermittelt, indem zur Gesamtzahl der freien Personen, einschließlich der in einem befristeten Dienstverhältnis stehenden, jedoch ausschließlich der nicht besteuerten Indianer, drei Fünftel der Gesamtzahl aller übrigen Personen hinzugezählt werden.[1] Die Zählung selbst erfolgt innerhalb von drei Jahren nach dem ersten Zusammentritt des Kongresses der Vereinigten Staaten und dann jeweils alle zehn Jahre nach Maßgabe eines hierüber zu erlassenden Gesetzes. Auf je dreißigtausend Einwohner darf nicht mehr als ein Abgeordneter kommen, doch soll jeder Staat durch wenigstens einen Abgeordneten vertreten sein; und bis zur Durchführung dieser Zählung hat der Staat New Hampshire das Recht, drei zu wählen, Massachusetts acht, Rhode Island und Providence Plantations einen, Connecticut fünf, New York sechs, New Jersey vier, Pennsylvania acht, Delaware einen, Maryland sechs, Virginia zehn, North Carolina fünf, South Carolina fünf und Georgia drei.[2]

Wenn in der Vertretung eines Staates Abgeordnetensitze frei werden, dann schreibt dessen Regierung Ersatzwahlen aus, um das erledigte Mandat neu zu besetzen.

Das Repräsentantenhaus wählt aus seiner Mitte einen Präsidenten (Sprecher) und sonstige Parlamentsorgane. Es hat das alleinige Recht, Amtsanklage zu erheben.

Abschnitt 3: Der Senat der Vereinigten Staaten besteht aus je zwei Senatoren von jedem Einzelstaat, die von dessen gesetzgebender Körperschaft auf sechs Jahre gewählt werden. Jedem Senator kommt eine Stimme zu.

Unmittelbar nach dem Zusammentritt auf Grund der erstmaligen Wahl soll der Senat so gleichmäßig wie möglich in drei Gruppen aufgeteilt werden. Die Senatoren der ersten Gruppe sollen nach Ablauf von zwei Jahren neu gewählt werden, die der zweiten Gruppe nach Ablauf von vier Jahren und die der dritten Gruppe nach Ablauf von sechs Jahren, so daß jedes zweite Jahr ein Drittel neu zu wählen ist. Falls durch Rücktritt oder sonstwie Sitze außerhalb der Tagungsperiode der gesetzgebenden Körperschaft eines Ein-

[1] Absatz 3 durch den 14. Zusatzartikel abgeändert.

[2] Letzter Satz überholt.

zelstaates frei werden, so kann dessen vollziehende Gewalt vorläufig einen Senator ernennen, bis die gesetzgebende Körperschaft bei ihrem nächsten Zusammentritt die fraglichen freien Stellen wieder besetzt.[1]

Niemand kann Senator werden, der nicht das Alter von 30 Jahren erreicht hat, 9 Jahre Bürger der Vereinigten Staaten gewesen und zur Zeit seiner Wahl Einwohner desjenigen Staates ist, für den er gewählt wird.

Der Vizepräsident der Vereinigten Staaten ist Präsident des Senats. Er hat jedoch kein Stimmrecht, ausgenommen im Falle der Stimmengleichheit.

Der Senat wählt seine sonstigen Parlamentsorgane und auch einen Interimspräsidenten zur zeitweiligen Geschäftsführung, wenn der Vizepräsident abwesend ist oder das Amt des Präsidenten der Vereinigten Staaten wahrnimmt.

Der Senat ist allein befugt, über alle Amtsanklagen zu befinden. Wenn er zu diesem Zwecke zusammentritt, stehen die Senatoren unter Eid oder eidesstattlicher Verantwortlichkeit. Bei Anklagen gegen den Präsidenten der Vereinigten Staaten führt der Chefrichter des Obersten Bundesgerichtshofes den Vorsitz. Niemand darf ohne Zustimmung von zwei Dritteln der anwesenden Mitglieder schuldig gesprochen werden.

In Fällen von Amtsanklagen lautet der Spruch höchstens auf Entfernung aus dem Amte und Aberkennung der Befähigung, ein Ehrenamt, eine Vertrauensstellung oder ein besoldetes Amt im Dienste der Vereinigten Staaten zu bekleiden oder auszuüben. Der für schuldig Befundene ist desungeachtet der Anklageerhebung, dem Strafverfahren, der Verurteilung und Strafverbüßung nach Maßgabe der Gesetze ausgesetzt und unterworfen.

Abschnitt 4: Zeit, Ort und Art der Durchführung der Wahlen der Senatoren und Abgeordneten werden in jedem

[1] Durch den 17. Zusatzartikel geändert.

Staate durch dessen gesetzgebende Körperschaft bestimmt. Jedoch kann der Kongreß jederzeit selbst durch Gesetz solche Bestimmungen erlassen oder ändern, mit Ausnahme der Bestimmung hinsichtlich der Orte der Durchführung der Senatswahlen.

Der Kongreß tritt wenigstens einmal in jedem Jahre zusammen, und zwar am ersten Montag im Dezember,[1] wenn er nicht durch Gesetz einen anderen Tag bestimmt.

Abschnitt 5: Jedem Haus obliegt das Prüfungsverfahren über die Wahl, die Abstimmungsergebnisse und die Wählbarkeitsvoraussetzungen seiner eigenen Mitglieder. In jedem Hause ist die Anwesenheit der Mehrheit der Mitglieder zur Beschlußfähigkeit erforderlich. Jedoch kann eine kleinere Zahl Anwesender die Sitzung von einem Tag auf den anderen vertagen und ist befugt, das Erscheinen abwesender Mitglieder im Einklang mit der für jedes Haus vorgesehenen Regelung in ihr geeignet scheinender Form und unter entsprechender Strafandrohung zu erzwingen.

Jedes Haus kann sich seine Geschäftsordnung geben, seine Mitglieder wegen ordnungswidrigen Verhaltens bestrafen und, mit Zweidrittelmehrheit, ein Mitglied ausschließen.

Jedes Haus führt ein fortlaufendes Verhandlungsprotokoll und veröffentlicht dieses von Zeit zu Zeit mit Ausnahme solcher Teile, die nach Ermessen der Mitglieder Geheimhaltung erfordern; die Ja- und die Nein-Stimmen der Mitglieder jedes Hauses zu allen Fragen werden auf Antrag eines Fünftels der Anwesenden im Verhandlungsprotokoll vermerkt.

Keines der beiden Häuser darf sich während der Sitzungsperiode des Kongresses ohne Zustimmung des andern auf mehr als drei Tage vertagen, noch an einem anderen als dem für beide Häuser bestimmten Sitzungsort zusammentreten.

Abschnitt 6: Die Senatoren und Abgeordneten erhalten für

[1] Durch den 20. Zusatzartikel abgeändert.

ihre Tätigkeit eine Entschädigung, die gesetzlich festgelegt und vom Schatzamt der Vereinigten Staaten ausbezahlt werden soll. Sie sind in allen Fällen, außer bei Verrat, Verbrechen und Friedensbruch, vor Verhaftung geschützt, solange sie einer Sitzung ihres jeweiligen Hauses beiwohnen oder sich auf dem Wege dorthin oder auf dem Nachhauseweg von dorther befinden; kein Mitglied darf wegen seiner Reden oder wegen irgendwelcher Äußerungen in einem der Häuser andernorts zur Rechenschaft gezogen werden.
Kein Senator oder Abgeordneter darf während der Zeit, für die er gewählt wurde, in irgendeine Beamtenstellung im Dienste der Vereinigten Staaten berufen werden, die während dieser Zeit geschaffen oder deren Bezüge erhöht wurden; und niemand, der ein Amt im Dienste der Vereinigten Staaten bekleidet, darf während seiner Amtsdauer Mitglied eines der beiden Häuser sein.
Abschnitt 7: Alle Gesetzesvorlagen für die Erhebung von Staatseinkünften gehen vom Repräsentantenhaus aus; dem Senat steht jedoch, wie bei anderen Gesetzesvorlagen, das Recht zu, Abänderungsvorschläge einzubringen.
Jede Gesetzesvorlage wird nach ihrer Verabschiedung durch das Repräsentantenhaus und den Senat, ehe sie Gesetzeskraft erlangt, dem Präsidenten der Vereinigten Staaten vorgelegt. Wenn er sie billigt, so soll er sie unterzeichnen, andernfalls jedoch mit seinen Einwendungen an jenes Haus zurückleiten, von dem sie ausgegangen ist; dieses nimmt die Einwendungen ausführlich in sein Protokoll auf und tritt erneut in ihre Beratung ein. Wenn nach dieser erneuten Lesung zwei Drittel des betreffenden Hauses für die Vorlage stimmen, so wird sie zusammen mit den Einwendungen dem anderen Hause zugesandt, um dort gleichfalls erneut beraten zu werden; wenn sie die Zustimmung von zwei Dritteln auch dieses Hauses findet, wird sie Gesetz. In allen solchen Fällen aber erfolgt die Abstimmung in beiden Häusern nach Ja- und Nein-Stimmen, und die Namen derer, die für und

gegen die Gesetzesvorlage stimmen, werden im Protokoll des betreffenden Hauses vermerkt. Falls eine Gesetzesvorlage vom Präsidenten nicht innerhalb von zehn Tagen (Sonntage nicht eingerechnet) nach der Übermittlung an ihn zurückgegeben wird, erlangt sie in gleicher Weise Gesetzeskraft, als ob er sie unterzeichnet hätte, es sei denn, daß der Kongreß durch Vertagung die Rückgabe verhindert hat; in diesem Fall erlangt sie nicht Gesetzeskraft.

Jede Anordnung, Entschließung oder Abstimmung, für die Übereinstimmung von Senat und Repräsentantenhaus erforderlich ist (ausgenommen die Frage einer Vertagung), muß dem Präsidenten der Vereinigten Staaten vorgelegt, und ehe sie wirksam wird, von ihm genehmigt werden; sonst, falls er ihre Billigung ablehnt, muß sie von Senat und Repräsentantenhaus mit Zweidrittelmehrheit nach Maßgabe der für den Fall von Gesetzesvorlagen erläuterten Verfahrensbestimmungen und Beschränkungen neuerlich verabschiedet werden.

Abschnitt 8: Der Kongreß hat das Recht:

Steuern, Zölle, Abgaben und Akzisen aufzuerlegen und einzuziehen, um die Zahlungsverpflichtungen zu erfüllen und für die Landesverteidigung und das allgemeine Wohl der Vereinigten Staaten zu sorgen; alle Zölle, Abgaben und Akzisen sind aber für das gesamte Gebiet der Vereinigten Staaten einheitlich festzusetzen;

auf Rechnung der Vereinigten Staaten Kredit aufzunehmen;

den Handel mit fremden Völkern, zwischen den Einzelstaaten und mit den Indianerstämmen zu regeln;

für das gesamte Gebiet der Vereinigten Staaten eine einheitliche Einbürgerungsordnung zu schaffen und ein einheitliches Konkursrecht einzuführen;

Münzen zu prägen, ihren Wert und den fremder Währungen zu bestimmen und Maße und Gewichte festzusetzen;

Strafbestimmungen für Fälschung von Staatsobligationen und gültigen Münzen der Vereinigten Staaten zu erlassen;

Postämter und Poststraßen einzurichten;
den Fortschritt von Kunst und Wissenschaft dadurch zu fördern, daß Autoren und Erfindern für beschränkte Zeit das ausschließliche Recht an ihren Publikationen und Entdeckungen gesichert wird;
dem Obersten Bundesgerichtshof untergeordnete Gerichtshöfe zu errichten;
Seeräuberei und andere Kapitalverbrechen auf hoher See sowie Verletzungen des Völkerrechts begrifflich zu bestimmen und zu ahnden;
Krieg zu erklären, Kaperbriefe auszustellen und Vorschriften über das Prisen- und Beuterecht zu erlassen;
Armeen aufzustellen und zu unterhalten; die Bewilligung von Geldmitteln hierfür soll jedoch nicht für länger als auf zwei Jahre erteilt werden;
eine Flotte zu bauen und zu unterhalten;
Reglements für Führung und Dienst der Land- und Seestreitkräfte zu erlassen;
Vorkehrungen für das Aufgebot der Miliz zu treffen, um den Gesetzen der Union Geltung zu verschaffen, Aufstände zu unterdrücken und Invasionen abzuwehren;
Vorkehrungen zu treffen für Aufbau, Bewaffnung und Ausbildung der Miliz und die Führung derjenigen ihrer Teile, die im Dienst der Vereinigten Staaten Verwendung finden, wobei jedoch den Einzelstaaten die Ernennung der Offiziere und die Aufsicht über die Ausbildung der Miliz nach den Vorschriften des Kongresses vorbehalten bleiben;
die ausschließliche und uneingeschränkte Gesetzgebung über das Gebiet (das nicht größer als 10 Quadratmeilen sein soll) auszuüben, das durch Abtretung seitens einzelner Staaten und Annahme seitens des Kongresses zum Sitz der Regierung der Vereinigten Staaten ausersehen wird, und die gleiche Hoheit über alle Gebiete auszuüben, die mit Zustimmung der gesetzgebenden Körperschaft des Staates, in dem sie gelegen sind, zwecks Errichtung von Befestigungen,

Magazinen, Arsenalen, Werften und anderen notwendigen Bauwerken angekauft werden; – und

alle zur Ausübung der vorstehenden Befugnisse und aller anderen Rechte, die der Regierung der Vereinigten Staaten, einem ihrer Zweige oder einem einzelnen Beamten auf Grund dieser Verfassung übertragen sind, notwendigen und zweckdienlichen Gesetze zu erlassen.

Abschnitt 9: Die Einwanderung oder Hereinholung solcher Personen, deren Zulassung einer der derzeit bestehenden Staaten für angebracht hält, darf vom Kongreß vor dem Jahre 1808 nicht verboten werden, doch kann eine solche Hereinbringung mit Steuer oder Zoll von nicht mehr als zehn Dollar für jede Person belegt werden.[1]

Der Anspruch auf Ausstellung eines Habeas-corpus-Befehls darf nicht aufgehoben werden, es sei denn, daß die öffentliche Sicherheit dies im Falle eines Aufstandes oder Einfalles erforderlich macht.

Proskriptionsgesetze und Gesetze mit rückwirkender Kraft dürfen nicht verabschiedet werden.

Kopfsteuern oder sonstige direkte Steuern dürfen nur nach Maßgabe der Ergebnisse der Schätzung oder Volkszählung, wie sie im vorhergehenden angeordnet wurde, auferlegt werden.[2]

Auf Waren, die aus einem der Einzelstaaten ausgeführt werden, darf keine Steuer und kein Zoll erhoben werden.

Eine Begünstigung der Häfen eines der Einzelstaaten gegenüber denen eines anderen durch irgendwelche handels- oder steuerrechtlichen Vorschriften darf nicht eingeräumt werden; und Schiffe mit Bestimmungs- oder Abgangshafen in einem der Staaten dürfen nicht gezwungen werden, in einem anderen anzulegen, zu klarieren oder Gebühren oder Zölle zu entrichten.

[1] Überholt.
[2] Vgl. den 16. Zusatzartikel.

Geld darf der Staatskasse nur auf Grund gesetzlicher Bewilligungen entnommen werden; über alle Einkünfte und Ausgaben der öffentlichen Hand ist der Öffentlichkeit von Zeit zu Zeit ordnungsgemäß Rechnung zu legen.
Adelstitel dürfen durch die Vereinigten Staaten nicht verliehen werden. Niemand, der ein besoldetes Amt oder Ehrenamt im Dienste der Vereinigten Staaten bekleidet, darf ohne Zustimmung des Kongresses ein Geschenk, Entgelt, Amt oder einen Titel irgendeiner Art von einem König, Fürsten oder fremden Staat annehmen.
Abschnitt 10: Keiner der Einzelstaaten darf einen Vertrag abschließen oder Bündnis eingehen oder sich einer Konföderation anschließen, Kaperbriefe ausstellen, Münzen prägen, Banknoten ausgeben, irgend etwas anderes als Gold- und Silbermünzen zum gesetzlichen Zahlungsmittel erklären, Proskriptionsgesetze, Gesetze mit rückwirkender Kraft oder ein vertragliche Verpflichtungen beeinträchtigendes Gesetz verabschieden oder einen Adelstitel verleihen.
Keiner der Einzelstaaten darf ohne Zustimmung des Kongresses Abgaben oder Zölle auf Ein- oder Ausfuhr legen, soweit dies nicht zur Durchführung der Überwachungsgesetze unbedingt nötig ist; der einem Staat aus Ein- oder Ausfuhrzöllen und Abgaben erwachsende Reinertrag kommt dem Schatzamt der Vereinigten Staaten zu; und alle derartigen Gesetze unterliegen der Überprüfung und Revisionsgewalt des Kongresses.
Kein Staat darf ohne Zustimmung des Kongresses Tonnagezölle erheben, in Friedenszeiten Truppen oder Kriegsschiffe unterhalten, Vereinbarungen oder Verträge mit einem der anderen Staaten oder mit einer fremden Macht schließen oder sich in einen Krieg einlassen, es sei denn, er werde tatsächlich angegriffen, oder falls die unmittelbare Gefahr keinen Aufschub duldet.

Artikel II

Abschnitt 1: Die vollziehende Gewalt ruht in dem Präsidenten der Vereinigten Staaten von Amerika. Seine Amtszeit beträgt vier Jahre, und er wird zugleich mit dem für dieselbe Amtsdauer zu wählenden Vizepräsidenten auf folgende Weise gewählt:

Jeder Einzelstaat bestimmt in der von seiner gesetzgebenden Körperschaft vorgeschriebenen Weise eine Anzahl von Wahlmännern, die der Gesamtzahl der dem Staat im Kongreß zustehenden Senatoren und Abgeordneten gleich ist; jedoch darf kein Senator oder Abgeordneter oder Person, der ein besoldetes Amt oder ein Ehrenamt im Dienste der Vereinigten Staaten bekleidet, zum Wahlmann bestellt werden.

Die Wahlmänner treten in ihren Staaten zusammen und geben auf zwei Namen lautende Stimmzettel ab; mindestens einer der Bezeichneten darf nicht Einwohner desselben Staates sein wie sie selber. Sie legen eine Liste an über alle Personen, für die Stimmen abgegeben worden sind, und die Anzahl der ihnen zugefallenen Stimmen; diese Liste unterzeichnen und beglaubigen sie und übersenden sie versiegelt an den Sitz der Regierung der Vereinigten Staaten, zu Händen des Senatspräsidenten. Der Präsident des Senats öffnet vor Senat und Repräsentantenhaus alle diese beglaubigten Listen; anschließend erfolgt die Zählung der Stimmen. Derjenige, der die größte Stimmenzahl auf sich vereinigt, wird Präsident, wenn die Zahl seiner Stimmen die Hälfte der Gesamtzahl der bestellten Wahlmänner übersteigt, wenn aber mehrere eine derartige Mehrheit erreichen und alle Stimmen gleich mit den anderen sind, dann wählt das Repräsentantenhaus sogleich einen von ihnen durch Stimmzettel zum Präsidenten; und wenn niemand eine derartige Mehrheit erreicht hat, dann wählt das genannte Haus in gleicher Weise aus den ersten fünf auf der Liste stehenden Personen den Präsidenten. Bei dieser Präsidentschaftsstich-

wahl wird jedoch nach Staaten abgestimmt, wobei die Vertretung jedes Staates eine Stimme hat; zur Beschlußfähigkeit ist für diese Abstimmung die Anwesenheit von einem oder mehreren Abgeordneten von zwei Dritteln der Staaten, und zum Entscheid eine Mehrheit aller Einzelstaaten erforderlich. In jedem Fall wird nach der Wahl des Präsidenten derjenige, der die größte Anzahl der Wahlmännerstimmen auf sich vereinigt, Vizepräsident. Wenn aber zwei oder mehrere die gleiche Stimmenzahl aufweisen, dann wählt der Senat unter ihnen durch Stimmzettel den Vizepräsidenten.[1]
Der Kongreß kann den Zeitpunkt für die Wahl der Wahlmänner und den Tag ihrer Stimmenabgabe festsetzen; dieser Tag soll im ganzen Bereich der Vereinigten Staaten derselbe sein.
In das Amt des Präsidenten können nur in den Vereinigten Staaten gebürtige Bürger oder Personen, die zur Zeit der Annahme dieser Verfassung Bürger waren, gewählt werden; es kann niemand in dieses Amt gewählt werden, der nicht das Alter von 35 Jahren erreicht hat und seinen Wohnsitz seit 14 Jahren im Gebiete der Vereinigten Staaten hatte.
Im Falle der Amtsenthebung des Präsidenten oder seines Todes, Rücktritts oder der Unfähigkeit zur Wahrnehmung der Befugnisse und Obliegenheiten seines Amtes geht es auf den Vizepräsidenten über. Der Kongreß kann durch Gesetz für den Fall der Amtsenthebung, des Todes, des Rücktritts oder der Amtsunfähigkeit sowohl des Präsidenten als auch des Vizepräsidenten Vorsorge treffen und bestimmen, welcher Beamter dann die Geschäfte des Präsidenten wahrnehmen soll, und dieser Beamte nimmt dann die Geschäfte so lange wahr, bis die Amtsunfähigkeit behoben oder ein Präsident gewählt worden ist.
Der Präsident erhält zu festgesetzten Zeiten für seine Dienste eine Vergütung. Diese darf während der Zeit, für die er

[1] Durch den 12. Zusatzartikel ersetzt.

gewählt ist, weder vermehrt noch vermindert werden, und er darf während dieses Zeitraumes auch keine sonstigen Einkünfte von den Vereinigten Staaten oder einem der Einzelstaaten beziehen.
Ehe er sein Amt antritt, soll er diesen Eid oder dieses Gelöbnis leisten:

> *»Ich schwöre (oder gelobe) feierlich, daß ich das Amt des Präsidenten der Vereinigten Staaten getreulich verwalten und die Verfassung der Vereinigten Staaten nach besten Kräften erhalten, schützen und verteidigen werde.«*

Abschnitt 2: Der Präsident ist Oberbefehlshaber der Armee und der Marine der Vereinigten Staaten und der Miliz der Einzelstaaten, wenn diese zur aktiven Dienstleistung für die Vereinigten Staaten aufgerufen wird; er kann von den Leitern der einzelnen Abteilungen der Bundesexekutive die schriftliche Stellungnahme zu Angelegenheiten aus dem Dienstbereich der betreffenden Behörde verlangen, und er hat, außer in Fällen der Amtsanklage, das Recht, Strafaufschub und Begnadigung für strafbare Handlungen gegen die Vereinigten Staaten zu gewähren.
Er hat das Recht, auf Anraten und mit Zustimmung des Senats Verträge zu schließen, vorausgesetzt, daß zwei Drittel der anwesenden Senatoren zustimmen. Er ernennt auf Anraten und mit Zustimmung des Senats Botschafter, Gesandte und Konsuln, die Richter des Obersten Bundesgerichtshofs und alle sonstigen Beamten der Vereinigten Staaten, deren Bestallung hierin nicht anderweitig geregelt ist und deren Ämter durch Gesetz geschaffen werden; doch kann der Kongreß nach seinem Ermessen die Ernennung von unteren Beamten durch Gesetz dem Präsidenten allein, den Gerichtshöfen oder den Leitern der Abteilungen der Bundesexekutive übertragen.
Der Präsident hat die Befugnis, alle während der Senatsferien freiwerdenden Beamtenstellen im Wege des Amtsauftrags zu besetzen, der Ende der nächsten Sitzungsperiode erlischt.

Abschnitt 3: Er hat von Zeit zu Zeit den Kongreß über die Lage der Union Bericht zu erstatten und Maßnahmen zur Beratung zu empfehlen, die er für notwendig und nützlich erachtet. Er kann bei außerordentlichen Anlässen beide oder eines der Häuser einberufen und kann sie, falls sie sich über die Zeit der Vertagung nicht einigen können, bis zu einem ihm geeignet erscheinenden Zeitpunkt vertagen. Er empfängt Botschafter und Gesandte. Er hat Sorge zu tragen, daß die Gesetze gewissenhaft vollzogen werden, und stellt die Patente für die Offiziere der Vereinigten Staaten aus.
Abschnitt 4: Der Präsident, der Vizepräsident und alle Beamten der Vereinigten Staaten werden ihres Amtes enthoben, wenn sie wegen Verrats, Bestechung oder anderer Verbrechen und Vergehen unter Amtsanklage gestellt und für schuldig befunden worden sind.

Artikel III

Abschnitt 1: Die richterliche Gewalt der Vereinigten Staaten ruht in einem Obersten Bundesgerichtshof und in solchen unteren Gerichten, deren Errichtung der Kongreß von Fall zu Fall anordnen wird. Die Richter sowohl des Obersten Bundesgerichtshofs als auch der unteren Gerichte sollen im Amte bleiben, solange ihre Amtsführung einwandfrei ist, und zu bestimmten Zeiten für ihre Dienste eine Besoldung erhalten, die während ihrer Amtsdauer nicht herabgesetzt werden darf.
Abschnitt 2: Die richterliche Gewalt erstreckt sich nach Recht und Billigkeit auf alle Fälle, die sich aus dieser Verfassung, den Gesetzen der Vereinigten Staaten und den Verträgen ergeben, die in ihrem Namen abgeschlossen wurden oder künftig geschlossen werden; – auf alle Fälle, die Botschafter, Gesandte und Konsuln betreffen; – auf alle Fälle der Admiralitäts- und Seegerichtsbarkeit; – auf Streitigkeiten, in

denen die Vereinigten Staaten Streitpartei sind; – auf Streitigkeiten zwischen zwei oder mehreren Einzelstaaten; – zwischen einem Einzelstaat und den Bürgern eines anderen Einzelstaates; –[1] zwischen Bürgern verschiedener Einzelstaaten; – zwischen Bürgern desselben Einzelstaates, die auf Grund von Verleihungen seitens verschiedener Einzelstaaten Ansprüche auf Land erheben, und zwischen einem Einzelstaat oder dessen Bürgern und fremden Staaten, Bürgern oder Untertanen.

In allen Fällen, die Botschafter, Gesandte und Konsuln betreffen und in die ein Einzelstaat verwickelt ist, übt der Oberste Bundesgerichtshof ursprüngliche Gerichtsbarkeit aus. In allen anderen obenerwähnten Fällen ist der Oberste Bundesgerichtshof Berufungsinstanz sowohl hinsichtlich der Rechtsauslegung als auch der Beweiswürdigung nach Maßgabe der vom Kongreß zu bestimmenden Ausnahmen und Verfahrensregeln.

Alle Strafverfahren mit Ausnahme von Fällen der Amtsanklage finden vor einem Geschworenengericht statt, und die Verhandlung findet in dem Einzelstaat statt, in dem das fragliche Verbrechen begangen worden ist. Wenn das Verbrechen aber nicht im Gebiet eines der Einzelstaaten begangen worden ist, so findet die Verhandlung an einem Orte oder Orten statt, die der Kongreß durch Gesetz bestimmen wird.

Abschnitt 3: Als Verrat gegen die Vereinigten Staaten gilt nur Führung eines Krieges gegen sie oder die Gewährung von Hilfe und Unterstützung an ihre Feinde. Niemand darf des Verrats schuldig befunden werden, es sei denn auf Grund der Aussage zweier Zeugen über dieselbe offenkundige Handlung oder auf Grund eines Geständnisses in öffentlicher Gerichtssitzung.

Der Kongreß hat die Befugnis, die Strafe für Verrat festzu-

[1] Durch den 11. Zusatzartikel eingeschränkt.

setzen. Die Rechtsfolgen des Verrats dürfen sich nicht auf die Nachkommen auswirken, und ein Vermögensentzug kann nur für die Lebenszeit des Verurteilten ausgesprochen werden.

Artikel IV

Abschnitt 1: Gesetze, Urkunden und richterliche Entscheidungen jedes Einzelstaates genießen in jedem anderen Staat volle Würdigung und Anerkennung. Der Kongreß kann durch allgemeine Gesetzgebung bestimmen, in welcher Form das Bestehen und Vorliegen derartiger Gesetze, Urkunden und richterlicher Entscheidungen unter Beweis zu stellen ist und welche Rechtswirkung ihnen zukommt.
Abschnitt 2: Die Bürger eines jeden Einzelstaates genießen alle Vorrechte und Freiheiten der Bürger anderer Einzelstaaten.[1]
Wer in irgendeinem Einzelstaate des Verrats angeklagt oder eines Verbrechens oder Vergehens angeklagt wird, sich der Strafverfolgung durch Flucht entzieht und in einem anderen Staate aufgegriffen wird, muß auf Verlangen der Regierung des Staates, aus dem er entflohen ist, ausgeliefert und nach dem Staat geschafft werden, der die Gerichtsbarkeit über dieses Verbrechen ausübt.
Niemand, der in einem Einzelstaate nach dessen Gesetzen zu Dienst oder Arbeit verpflichtet ist und in einen anderen Staat entflieht, darf auf Grund dort geltender gesetzlicher Bestimmungen von dieser Dienst- oder Arbeitspflicht befreit werden. Er ist vielmehr auf Verlangen desjenigen, dem er zu Dienst oder Arbeit verpflichtet ist, auszuliefern.[2]

[1] Durch den 14. Zusatzartikel erweitert.
[2] Durch den 13. Zusatzartikel überholt.

Abschnitt 3: Neue Staaten können vom Kongreß in diese Union aufgenommen werden. Jedoch darf kein neuer Staat innerhalb des Hoheitsbereichs eines anderen Staates gebildet oder errichtet werden. Auch darf kein neuer Staat durch die Vereinigung von zwei oder mehr Einzelstaaten oder Teilen von Einzelstaaten ohne die Zustimmung sowohl der gesetzgebenden Körperschaften der betreffenden Einzelstaaten als auch des Kongresses gebildet werden.
Der Kongreß hat das Recht, über die Ländereien und sonstiges Eigentum der Vereinigten Staaten zu verfügen und alle erforderlichen Anordnungen und Richtlinien hierüber zu erlassen; und keine Bestimmung dieser Verfassung soll so ausgelegt werden, daß durch sie Ansprüche der Vereinigten Staaten oder irgendeines Einzelstaates präjudiziert würden.
Abschnitt 4: Die Vereinigten Staaten gewährleisten jedem Staat der Union eine republikanische Regierungsform; sie schützen jeden von ihnen gegen feindliche Einfälle und auf Antrag seiner gesetzgebenden Körperschaft oder der vollziehenden Gewalt (wenn die gesetzgebende Körperschaft nicht einberufen werden kann) auch gegen innere Unruhen.

Artikel V

Der Kongreß schlägt, wenn immer zwei Drittel beider Häuser es für notwendig halten, Abänderungen zu dieser Verfassung vor oder beruft auf Ansuchen der gesetzgebenden Körperschaften von zwei Dritteln der Einzelstaaten einen Konvent zur Ausarbeitung von Abänderungsvorschlägen und Zusätzen ein, die in beiden Fällen nach Sinn und Absicht als Teile dieser Verfassung Rechtskraft erlangen, wenn sie von den gesetzgebenden Körperschaften oder von Konventen in drei Vierteln der Einzelstaaten ratifiziert werden, je nachdem, welche Form der Ratifikation vom Kongreß vorgeschlagen wird. Jedoch darf keine Abänderung vor dem Jahre 1808 in irgendeiner Weise den 1. und 4. Absatz des 9. Abschnitts des 1. Artikels berühren;[1] und keinem Staat darf ohne seine Zustimmung das gleiche Stimmrecht im Senat entzogen werden.

Artikel VI

Alle vor Annahme dieser Verfassung bestehenden Schulden und eingegangenen Verbindlichkeiten sind den Vereinigten Staaten gegenüber unter dieser Verfassung ebenso rechtswirksam wie unter den Konföderationsartikeln.[2]

Diese Verfassung, die in ihrem Verfolg zu erlassenden Gesetze der Vereinigten Staaten sowie alle im Namen der Vereinigten Staaten abgeschlossenen oder künftig abzuschließenden Verträge sind oberstes Gesetz des Landes; und die Richter in jedem Einzelstaat sind daran gebunden, auch wenn ihnen Verfassung oder Gesetze des Einzelstaates entgegenstehen.

Die obengenannten Senatoren und Abgeordneten, die Mitglieder der gesetzgebenden Körperschaften der Einzelstaaten und alle Verwaltungs- und Justizbeamten sowohl der Vereinigten Staaten als auch der Einzelstaaten haben sich durch Eid oder Gelöbnis zu verpflichten, dieser Verfassung zu dienen. Jedoch darf niemals ein religiöses Bekenntnis zur Voraussetzung für den Antritt eines Amtes oder einer öffentlichen Vertrauensstellung im Dienste der Vereinigten Staaten gemacht werden.

[1] Überholt.

[2] Durch den 14. Zusatzartikel erweitert.

Artikel VII

Die Ratifikation durch die Konvente von neun Staaten ist ausreichend, diese Verfassung für die ratifizierenden Staaten in Kraft zu setzen.

Gegeben im Konvent mit einmütiger Zustimmung der anwesenden Staaten am 17. Tage des Monats September, im Jahre des Herrn 1787, und im 12. Jahre der Unabhängigkeit der Vereinigten Staaten von Amerika. Zu Urkund dessen wir hier unsere Namen unterzeichnen.

Go. WASHINGTON
Präsident und Abgeordneter von Virginia

New Hampshire
JOHN LANGDON
NICHOLAS GILMAN

Massachusetts
NATHANIEL GORHAM
RUFUS KING

Connecticut
WILLIAM SAMUEL JOHNSON
ROGER SHERMAN

New York
ALEXANDER HAMILTON

New Jersey
WILLIAM LIVINGSTON
DAVID BREARLEY
WILLIAM PATERSON
JONATHAN DAYTON

Delaware
GEORGE READ
GUNNING BEDFORN, JUN.
JOHN DICKINSON
RICHARD BASSETT
JACOB BROOM

Maryland
JAMES MCHENRY
DAN OF ST. THOMAS JENIFER
DANIEL CARROLL

Virginia
JOHN BLAIR
JAMES MADISON, JR.

North Carolina
WILLIAM BLOUNT
RICHARD DOBBS SPAIGHT
HUGH WILLIAMSON

South Carolina
John Rutledge
Charles Cotesworth Pinckney
Charles Pinckney
Pierce Butler

Georgia
William Few
Abraham Baldwin

Pennsylvania
Benjamin Franklin
Thomas Mifflin
Robert Morris
George Clymer
Thomas Fitz Simons
Jared Ingersoll
James Wilson
Gouverneur Morris

Beglaubigt: William Jackson, Sekretär.

Zusatzartikel und Abänderungen der Verfassung

Zusatzartikel I

Der Kongreß darf kein Gesetz erlassen, das die Einführung einer Religion zum Gegenstand hat, die freie Religionsausübung beschränkt, die Rede- und Pressefreiheit oder das Recht des Volkes einschränkt, sich friedlich zu versammeln und die Regierung durch Petition zur Abstellung von Mißständen zu ersuchen.

Zusatzartikel II

Da eine gut ausgebildete Miliz für die Sicherheit eines freien Staates erforderlich ist, darf das Recht des Volkes, Waffen zu besitzen und zu tragen, nicht beeinträchtigt werden.

Zusatzartikel III

Kein Soldat darf in Friedenszeiten ohne Zustimmung des Eigentümers in einem Hause einquartiert werden, und auch in Kriegszeiten darf dies nur in gesetzlich vorgeschriebener Weise geschehen.

Zusatzartikel IV

Das Recht des Volkes auf Sicherheit der Person und der Wohnung, von Urkunden und Eigentum gegen willkürliche Durchsuchung, Verhaftung und Beschlagnahme darf nicht verletzt werden, und Haussuchungs- und Haftbefehle dürfen nur bei Vorliegen eines eidlich oder eidesstattlich erhärteten Grundes ausgestellt werden und müssen die zu durchsuchende Örtlichkeit und die in Gewahrsam zu nehmenden Personen oder Gegenstände genau bezeichnen.

Zusatzartikel V

Niemand darf wegen eines Kapitalverbrechens oder eines sonstigen schimpflichen Verbrechens zur Verantwortung gezogen werden, es sei denn auf Grund eines Antrags oder einer Anklage durch ein Großes Geschworenengericht. Hiervon ausgenommen sind Fälle, die sich bei den Land- oder Seestreitkräften oder bei der Miliz ereignen, wenn diese in Kriegszeit oder bei öffentlicher Gefahr im aktiven Dienst stehen. Niemand darf wegen derselben Straftat zweimal durch ein Verfahren in Gefahr des Leibes und des Lebens gebracht werden. Niemand darf in einem Strafverfahren zur Aussage gegen sich selbst gezwungen noch des Lebens, der Freiheit oder des Eigentums ohne vorheriges ordentliches Gerichtsverfahren in Einklang mit dem Gesetz beraubt werden. Privateigentum darf nicht ohne angemessene Entschädigung für öffentliche Zwecke verwendet werden.

Zusatzartikel VI

In allen Strafverfahren hat der Angeklagte Anspruch auf einen unverzüglichen und öffentlichen Prozeß vor einem unparteiischen Geschworenengericht desjenigen Staates und Bezirks, in dem das Verbrechen begangen wurde; der zuständige Bezirk muß vorher auf gesetzlichem Wege ermittelt worden sein. Der Angeklagte hat weiterhin Anspruch darauf, über die Art und Gründe der Anklage unterrichtet und den Belastungszeugen gegenübergestellt zu werden, sowie auf Zwangsvorladung von Entlastungszeugen und einen Rechtsbeistand zu seiner Verteidigung.

Zusatzartikel VII

In Zivilprozessen, in denen der Streitwert zwanzig Dollar übersteigt, besteht ein Anrecht auf ein Verfahren vor einem Geschworenengericht, und die von einem derartigen Gericht angestellte Beweisführung darf von keinem Gerichtshof der Vereinigten Staaten nach anderen Regeln als denen des gemeinen Rechts erneut zum Verhandlungsgegenstand gemacht werden.

Zusatzartikel VIII

Unbillig hohe Bürgschaften dürfen nicht gefordert, übermäßige Geldstrafen nicht auferlegt und grausame oder ungewöhnliche Strafen nicht verhängt werden.

Zusatzartikel IX

Die Aufzählung bestimmter Rechte in der Verfassung darf nicht dahingehend ausgelegt werden, daß durch sie andere dem Volke vorbehaltene Rechte versagt oder eingeschränkt werden.

Zusatzartikel X

Die Machtbefugnisse, die von der Verfassung weder den Vereinigten Staaten übertragen noch den Einzelstaaten entzogen werden, bleiben den Einzelstaaten oder dem Volke vorbehalten.

Zusatzartikel XI

Die Befugnisse der Judikatur der Vereinigten Staaten dürfen nicht dahingehend ausgelegt werden, daß sie sich auf Klagen nach dem Gesetz oder Billigkeitsrecht erstrecken, die von Bürgern eines anderen Einzelstaates oder von Bürgern oder Untertanen eines ausländischen Staates gegen einen der Einzelstaaten der Vereinigten Staaten angestrengt oder durchgefochten werden.

Zusatzartikel XII

Die Wahlmänner treten in ihren Staaten zusammen und stimmen durch Stimmzettel für einen Präsidenten und einen Vizepräsidenten, von denen mindestens einer nicht Einwohner desselben Staates sein darf wie sie selber. Sie bezeichnen auf ihrem Stimmzettel die Person, die sie zum Präsidenten wählen wollen, und auf einem gesonderten Zettel die Person, die sie zum Vizepräsidenten wählen wollen. Sie legen getrennte Listen an über alle Personen, die Stimmen für die Präsidentschaft und für die Vizepräsidentschaft erhalten haben, und die Anzahl der ihnen zugefallenen Stimmen; diese Listen unterzeichnen, beglaubigen und übersenden sie versiegelt an den Sitz der Regierung der Vereinigten Staaten, zu Händen des Senatspräsidenten. Der Präsident des Senats öffnet vor dem Senat und Repräsentantenhaus alle diese beglaubigten Listen; anschließend erfolgt die Zählung der Stimmen; derjenige, der die größte Stimmenzahl für die Präsidentschaft auf sich vereinigt, wird Präsident, wenn die Zahl seiner Stimmen die Hälfte der Gesamtzahl der bestellten Wahlmänner übersteigt; wenn niemand eine derartige Mehrheit erreicht hat, so wählt das Repräsentantenhaus sofort aus den drei Personen, die auf der Liste der für die Präsidentschaft abgegebenen Stimmen die höchsten Zahlen aufweisen, durch Stimmzettel den Präsidenten. Bei dieser Präsidentschaftswahl wird jedoch nach Staaten abgestimmt, wobei die Vertretung jedes Staates eine Stimme hat. Zur Beschlußfähigkeit ist für diese Abstimmung die Anwesenheit von je einem oder mehreren Mitgliedern von zwei Dritteln der Staaten und zum Entscheid eine Mehrheit aller Einzelstaaten erforderlich. Wenn das Wahlrecht dem Repräsentantenhaus zufällt und es nicht vor dem darauffolgenden 4. März einen Präsidenten wählt, so amtiert der Vizepräsident als Präsident, wie im Falle des Todes oder einer sonstigen, durch die Verfassung bezeichneten Form der Amtsunfähigkeit des Präsidenten.

Derjenige, der die größte Stimmenzahl für die Vizepräsidentschaft auf sich vereinigt, wird Vizepräsident, wenn die Zahl seiner Stimmen die Hälfte der Gesamtzahl der bestellten Wahlmänner übersteigt. Wenn niemand eine derartige Mehrheit erreicht hat, so wählt der Senat von den zwei Personen, die auf der Liste die höchste Stimmenzahl aufweisen, den Vizepräsidenten; zur Beschlußfähigkeit ist für diese Abstimmung die Anwesenheit von zwei Dritteln der Gesamtzahl der Senatoren und zum Entscheid eine Mehrheit aus der Gesamtzahl erforderlich. Wer nach der Verfassung nicht zum Amt des Präsidenten wählbar ist, darf auch nicht in das Amt des Vizepräsidenten gewählt werden.

Zusatzartikel XIII

Abschnitt 1: Weder Sklaverei noch Zwangsdienstbarkeit darf, außer als Strafe für ein Verbrechen, dessen die betreffende Person in einem ordentlichen Verfahren für schuldig befunden worden ist, in den Vereinigten Staaten oder in irgendeinem ihrer Hoheit unterworfenen Gebiet bestehen.
Abschnitt 2: Der Kongreß ist befugt, diesen Zusatzartikel durch entsprechende Gesetze zur Durchführung zu bringen.

Zusatzartikel XIV

Abschnitt 1: Alle Personen, die in den Vereinigten Staaten geboren oder eingebürgert und ihrer Regierungsgewalt unterworfen sind, sind Bürger der Vereinigten Staaten und des Einzelstaates, in dem sie ihren Wohnsitz haben. Keiner der Einzelstaaten darf Gesetze erlassen oder durchführen, die die Vorrechte oder Freiheiten von Bürgern der Vereinigten Staaten beschränken, und kein Staat darf irgend jemandem Leben, Freiheit oder Eigentum nehmen oder irgend jemandem innerhalb seines Gebietes den gleichen Schutz durch das Gesetz versagen.
Abschnitt 2: Die Abgeordnetensitze werden auf die einzelnen Staaten entsprechend ihrer Einwohnerzahl verteilt, wobei in jedem Staat die Gesamtzahl aller Personen unter Ausschluß der nicht besteuerten Indianer zugrunde gelegt wird. Wenn aber das Wahlrecht bei irgendeiner Wahl zur Bestimmung der Wahlmänner für den Präsidenten und Vizepräsidenten der Vereinigten Staaten, der Abgeordneten im Kongreß, der Verwaltungs- und Justizbeamten eines Einzelstaates oder der Mitglieder seiner gesetzgebenden Körperschaft irgendwelchen männlichen Einwohnern dieses Staates, die über einundzwanzig Jahre alt und Bürger der Vereinigten Staaten sind, abgesprochen oder irgendwie beschränkt wird,

es sei denn wegen Teilnahme an einem Aufstand oder wegen eines sonstigen Verbrechens, so wird die Grundzahl für die Vertretung daselbst im Verhältnis zu der Zahl solcher männlichen Bürger zur Gesamtzahl der männlichen Bürger über einundzwanzig Jahre in diesem Staate herabgesetzt.

Abschnitt 3: Niemand darf Senator oder Abgeordneter im Kongreß oder Wahlmann für die Wahl des Präsidenten oder Vizepräsidenten sein, irgendeine Beamtenstelle oder einen militärischen Rang unter der Hoheit der Vereinigten Staaten oder eines Einzelstaates bekleiden, der, nachdem er als Mitglied des Kongresses oder als Beamter der Vereinigten Staaten oder als Mitglied der gesetzgebenden Körperschaft eines der Einzelstaaten oder als Verwaltungs- oder Justizbeamter in einem der Einzelstaaten einen Eid auf seine Mitarbeit an der Durchführung der Verfassung der Vereinigten Staaten geleistet, an einem Aufstand oder Aufruhr gegen sie teilgenommen oder ihren Feinden Hilfe oder Unterstützung gewährt hat. Doch kann der Kongreß mit Zweidrittelmehrheit beider Häuser diese Amtsunfähigkeit aufheben.

Abschnitt 4: Die Rechtsgültigkeit der gesetzlich genehmigten Staatsschulden der Vereinigten Staaten mit Einschluß der Verpflichtungen, die aus der Zahlung von Pensionen und Sonderzuwendungen für Teilnahme an der Unterdrükkung von Aufstand und Aufruhr erwachsen sind, darf nicht in Frage gestellt werden. Doch dürfen weder die Vereinigten Staaten noch irgendein Einzelstaat eine Schuld oder Verbindlichkeit übernehmen oder einlösen, die aus der Unterstützung eines Aufstands oder Aufruhrs gegen die Vereinigten Staaten erwachsen sind, oder irgendeinen Ersatzanspruch für den Verlust oder die Freilassung eines Sklaven; vielmehr sind alle derartigen Schulden, Verbindlichkeiten und Ansprüche ungesetzlich und null und nichtig.

Abschnitt 5: Der Kongreß ist befugt, die Bestimmungen dieses Zusatzartikels durch entsprechende Gesetze zur Durchführung zu bringen.

Zusatzartikel XV

Abschnitt 1: Das Wahlrecht der Bürger der Vereinigten Staaten darf von den Vereinigten Staaten oder einem der Einzelstaaten nicht auf Grund der Rassenzugehörigkeit, Hautfarbe oder vormaliger Sklaverei vorenthalten oder eingeschränkt werden.
Abschnitt 2: Der Kongreß ist befugt, diesen Zusatzartikel durch entsprechende Gesetze zur Durchführung zu bringen.

Zusatzartikel XVI

Der Kongreß ist zur Erhebung von Steuern auf Einkommen beliebiger Herkunft ermächtigt, ohne an eine proportionale Aufschlüsselung auf die einzelnen Staaten oder an eine Schätzung oder Volkszählung gebunden zu sein.

Zusatzartikel XVII

Der Senat der Vereinigten Staaten besteht aus je zwei Senatoren von jedem Einzelstaat, die von dessen Bevölkerung auf sechs Jahre gewählt werden. Jeder Senator hat eine Stimme. Die Wähler in jedem Staate müssen den gleichen Bedingungen genügen, dic für die Wähler der zahlenmäßig stärksten Kammer des Einzelstaates vorgeschrieben sind.
Wenn in Vertretung eines Staates im Senat Sitze frei werden, dann schreibt dessen vollziehende Gewalt eine Neuwahl aus, um das erledigte Mandat neu zu besetzen. Es wird vorgesehen, daß die gesetzgebende Körperschaft jedes Einzelstaates dessen Exekutive ermächtigen kann, Ernennungen mit vorläufiger Wirksamkeit vorzunehmen, bis das Volk die freigewordenen Sitze durch Wahlen gemäß den

Anweisungen der gesetzgebenden Körperschaften neu besetzt.
Dieser Zusatzartikel darf nicht so ausgelegt werden, daß dadurch die Wahl oder die Amtsperiode eines Senators berührt wird, der bereits gewählt war, noch bevor dieser Zusatzartikel als Teil der Verfassung in Kraft tritt.

Zusatzartikel XVIII

Nach Ablauf eines Jahres von der Ratifikation dieses Artikels an ist die Herstellung, der Verkauf oder der Transport für den menschlichen Genuß bestimmter alkoholischer Getränke innerhalb der Vereinigten Staaten, ihre Einfuhr in oder ihre Ausfuhr aus den Vereinigten Staaten und allen ihrer Hoheit unterstehenden Gebieten hiermit verboten.
Der Kongreß und die Einzelstaaten sind in gleicher Weise befugt, diese Zusatzartikel durch entsprechende Gesetze zur Durchführung zu bringen.
Dieser Zusatzartikel ist unwirksam, wenn er nicht, wie in der Verfassung vorgesehen, durch die gesetzgebenden Körperschaften der Einzelstaaten binnen sieben Jahren, vom Zeitpunkt seiner Übermittlung an die Staaten seitens des Kongresses an gerechnet, als Verfassungszusatz ratifiziert wird.

Zusatzartikel XIX

Das Wahlrecht der Bürger der Vereinigten Staaten darf von den Vereinigten Staaten oder einem Einzelstaat aufgrund des Geschlechtes weder versagt noch beschränkt werden.
Der Kongreß ist befugt, die Bestimmungen zu diesem Zusatzartikel durch entsprechende Gesetze zur Durchführung zu bringen.

Zusatzartikel XX

Abschnitt 1: Die Amtsperiode des Präsidenten und Vizepräsidenten endet am 20. Tage des Monats Januar mittags, und die Amtsdauer der Senatoren und Abgeordneten am 3. Tage des Monats Januar mittags des jeweiligen Jahres, in dem die Amtsdauer geendet hätte, wenn dieser Artikel nicht ratifiziert worden wäre; damit beginnt sodann die Amtsperiode ihrer Nachfolger.

Abschnitt 2: Der Kongreß tritt wenigstens einmal in jedem Jahr zusammen, und zwar beginnt diese Sitzung am 3. Tage des Monats Januar mittags, wenn er nicht durch Gesetz einen anderen Tag bestimmt.

Abschnitt 3: Wenn zu der für den Beginn der Amtsperiode des Präsidenten festgesetzten Zeit der gewählte Präsident verstorben sein sollte, dann wird der gewählte Vizepräsident Präsident. Wenn vor dem für den Beginn der Amtsperiode festgesetzten Zeitpunkt kein Präsident gewählt worden sein sollte oder wenn der gewählte Präsident die Voraussetzungen für die Amtsfähigkeit nicht erfüllt, dann nimmt der gewählte Vizepräsident die Geschäfte des Präsidenten wahr, bis ein amtsfähiger Präsident ermittelt ist. Für den Fall, daß weder ein gewählter Präsident noch ein gewählter Vizepräsident amtsfähig ist, kann der Kongreß durch Gesetz Bestimmungen erlassen und durch sie festlegen, wer dann die Geschäfte des Präsidenten wahrnehmen soll, oder den Modus schaffen, nach dem derjenige, der die Geschäfte wahrnehmen soll, auszuwählen ist. Dieser nimmt daraufhin die Geschäfte wahr, bis ein Präsident oder Vizepräsident ermittelt ist, der die Voraussetzungen der Amtsfähigkeit erfüllt.

Abschnitt 4: Der Kongreß kann durch Gesetz Bestimmungen erlassen für den Fall des Ablebens einer der Personen, aus deren Mitte das Repräsentantenhaus einen Präsidenten wählen kann, wenn ihm das Recht zur Wahl zufällt, sowie für den Fall des Ablebens einer der Personen, aus deren

Mitte der Senat einen Vizepräsidenten wählen kann, wenn ihm das Recht zur Wahl zufällt.

Abschnitt 5: Der erste und zweite Abschnitt sollen am 15. Tage des Monats Oktober, der der Ratifikation dieses Artikels folgt, in Kraft treten.

Abschnitt 6: Dieser Zusatzartikel ist unwirksam, wenn er nicht als ein Zusatz zur Verfassung durch die gesetzgebenden Körperschaften von drei Vierteln der Einzelstaaten binnen sieben Jahren, vom Zeitpunkt seiner Übermittlung an gerechnet, als Verfassungszusatz ratifiziert wird.

Zusatzartikel XXI

Abschnitt 1: Der achtzehnte Zusatzartikel zur Verfassung der Vereinigten Staaten wird hiermit aufgehoben.

Abschnitt 2: Der Transport oder die Einfuhr von alkoholischen Getränken in irgendeinen der Einzelstaaten, ein Territorium oder eine Besitzung der Vereinigten Staaten zum Zwecke der Auslieferung oder des Verbrauchs dortselbst ist unwirksam, wenn er nicht, wie in der Verfassung vorgesehen, als ein Zusatz zur Verfassung durch die Konvente der Einzelstaaten binnen sieben Jahren, vom Zeitpunkt seiner Übermittlung an die Staaten an gerechnet, ratifiziert wird.

Zusatzartikel XXII

Abschnitt 1: Niemand darf mehr als zweimal in das Amt des Präsidenten gewählt werden; und niemand, der länger als zwei Jahre der Amtszeit, für die ein anderer gewählt worden war, das Amt des Präsidenten innehatte oder dessen Geschäfte wahrnahm, darf mehr als einmal in das Amt des Präsidenten gewählt werden.

Dieser Zusatzartikel findet jedoch keine Anwendung auf jemanden, der das Amt des Präsidenten zu dem Zeitpunkt innehatte, zu dem dieser Zusatzartikel durch den Kongreß vorgeschlagen wurde, noch hindert er jemanden, der das Amt des Präsidenten in der Periode innehat oder wahrnimmt, in der dieser Zusatzartikel in Kraft tritt, daran, für den Rest dieser Amtsperiode das Amt des Präsidenten innezuhaben oder dessen Geschäfte wahrzunehmen.
Abschnitt 2: Dieser Zusatzartikel ist unwirksam, wenn er nicht durch die gesetzgebenden Körperschaften von drei Vierteln der Einzelstaaten binnen sieben Jahren, gerechnet vom Zeitpunkt seiner Übermittlung an die Staaten durch den Kongreß, als Verfassungszusatz ratifiziert wird.

Zusatzartikel XXIII

Abschnitt 1: Der Bezirk, der als Sitz der Regierung der Vereinigten Staaten dient, bestimmt in vom Kongreß vorzuschreibender Weise: Eine Anzahl von Wahlmännern für die Wahl des Präsidenten und Vizepräsidenten entsprechend der Gesamtzahl der Senatoren und Abgeordneten, die dem Bezirk im Kongreß zustünden, falls er ein Staat wäre, jedoch keinesfalls mehr als der Einzelstaat mit den wenigsten Einwohnern; diese sind den von den Einzelstaaten bestimmten hinzuzuzählen, aber für die Zwecke der Wahl des Präsidenten und Vizepräsidenten als von einem Einzelstaat bestimmte Wahlmänner zu betrachten; und sie treten in dem Bezirk zusammen und versehen solche Pflichten, wie im zwölften Zusatzartikel vorgesehen.
Abschnitt 2: Der Kongreß ist befugt, diesen Zusatzartikel durch entsprechende Gesetze zur Durchführung zu bringen.

Zusatzartikel XXIV

Abschnitt 1: Das Recht der Bürger der Vereinigten Staaten, in Vor- oder anderen Wahlen ihre Stimme für den Präsidenten oder Vizepräsidenten, für die Wahlmänner bei der Wahl des Präsidenten oder Vizepräsidenten oder für Senatoren oder Abgeordnete im Kongreß abzugeben, darf von den Vereinigten Staaten oder einem Einzelstaat nicht auf Grund eines Wahl- oder anderen Steuersäumnisses versagt oder beschränkt werden.
Abschnitt 2: Der Kongreß ist befugt, diesen Zusatzartikel durch entsprechende Gesetze zur Durchführung zu bringen.

Zusatzartikel XXV

Abschnitt 1: Im Falle der Amtsenthebung, des Todes oder des Rücktritts des Präsidenten wird der Vizepräsident Präsident.
Abschnitt 2: Sofern das Amt des Vizepräsidenten frei wird, benennt der Präsident einen Vizepräsidenten, der das Amt nach Bestätigung durch Mehrheitsbeschluß beider Häuser des Kongresses antritt.
Abschnitt 3: Sofern der Präsident dem Präsidenten pro tempore des Senates und dem Sprecher des Repräsentantenhauses eine schriftliche Erklärung des Inhalts übermittelt, daß er unfähig ist, die Befugnisse und Obliegenheiten seines Amtes wahrzunehmen, und bis er ihnen eine schriftliche Erklärung gegenteiligen Inhaltes übermittelt, werden diese Befugnisse und Obliegenheiten vom Vizepräsidenten als amtierendem Präsidenten wahrgenommen.
Abschnitt 4: Sofern der Vizepräsident und eine Mehrheit entweder der Leiter der Ministerien der Bundesregierung oder einer anderen vom Kongreß durch Gesetz zu benennenden Körperschaft dem Präsidenten pro tempore des Se-

nates und dem Sprecher des Repräsentantenhauses eine schriftliche Erklärung des Inhalts übermittelt, daß der Präsident unfähig ist, die Befugnisse und Obliegenheiten seines Amtes wahrzunehmen, übernimmt der Vizepräsident unverzüglich die Befugnisse und Obliegenheiten des Amtes als amtierender Präsident. Wenn danach der Präsident dem Präsidenten pro tempore des Senats und dem Sprecher des Repräsentantenhauses eine schriftliche Erklärung des Inhalts übermittelt, daß keine Amtsunfähigkeit besteht, gehen die Befugnisse und Obliegenheiten seines Amtes wieder auf ihn über, es sei denn, der Vizepräsident und eine Mehrheit entweder der Leiter der Ministerien der Bundesregierung oder einer anderen vom Kongreß durch Gesetz zu benennenden Körperschaft übermitteln binnen vier Tagen dem Präsidenten pro tempore des Senats und dem Sprecher des Repräsentantenhauses eine schriftliche Erklärung des Inhalts, daß der Präsident unfähig ist, die Befugnisse und Obliegenheiten seines Amtes wahrzunehmen. In diesem Falle entscheidet der Kongreß die Sache und tritt zu diesem Zwecke, falls er sich nicht in Session befindet, binnen 48 Stunden zusammen. Wenn der Kongreß innerhalb 21 Tagen nach Erhalt der letztgenannten schriftlichen Erklärung oder, sofern er nicht tagt, innerhalb 21 Tagen nach dem vorgeschriebenen Zeitpunkt des Zusammentretens des Kongresses mit Zweidrittelmehrheit beider Häuser entscheidet, daß der Präsident unfähig ist, die Befugnisse und Obliegenheiten seines Amtes wahrzunehmen, nimmt der Vizepräsident dieselben weiterhin als amtierender Präsident wahr; andernfalls übernimmt der Präsident wiederum die Befugnisse und Obliegenheiten seines Amtes.

Zusatzartikel XXVI

Abschnitt 1: Das Wahlrecht der Bürger der Vereinigten Staaten, die 18 Jahre oder darüber sind, darf von den Vereinigten Staaten oder einem Einzelstaat nicht auf Grund des Alters versagt oder beschränkt werden.
Abschnitt 2: Der Kongreß ist befugt, diesen Zusatzartikel durch entsprechende Gesetze zur Durchführung zu bringen.

Erklärungen:

Die Zusatzartikel 1–10 bilden die sogenannte Bill of Rights und sind 1791 in Kraft getreten.
Zusatzartikel 11: 1798 in Kraft getreten.
Zusatzartikel 12: 1804 in Kraft getreten.
Zusatzartikel 13: 1865 in Kraft getreten.
Zusatzartikel 14: 1868 in Kraft getreten.
Zusatzartikel 15: 1870 in Kraft getreten.
Zusatzartikel 16: 1913 in Kraft getreten.
Zusatzartikel 17: 1913 in Kraft getreten.
Zusatzartikel 18: 1919 in Kraft getreten; 1933 durch den 21. Artikel wieder aufgehoben.
Zusatzartikel 19: 1920 in Kraft getreten.
Zusatzartikel 20: 1935 in Kraft getreten.
Zusatzartikel 21: 1933 in Kraft getreten.
Zusatzartikel 22: 1951 in Kraft getreten.
Zusatzartikel 23: 1961 in Kraft getreten.
Zusatzartikel 24: 1964 in Kraft getreten.
Zusatzartikel 25: 1967 in Kraft getreten.
Zusatzartikel 26: 1971 in Kraft getreten.